novum pro

Andreas Neubauer

Ein bisschen mehr als Freundschaft

Der Erlös, den der Autor mit diesem Buch erzielt,
kommt einer wohltätigen Einrichtung zugute.

novum pro

www.novumverlag.com

Bibliografische Information
der Deutschen Nationalbibliothek:

Die Deutsche Nationalbibliothek
verzeichnet diese Publikation in
der Deutschen Nationalbibliografie.
Detaillierte bibliografische Daten
sind im Internet über
http://www.d-nb.de abrufbar.

Alle Rechte der Verbreitung,
auch durch Film, Funk und Fernsehen,
fotomechanische Wiedergabe,
Tonträger, elektronische Datenträger
und auszugsweisen Nachdruck,
sind vorbehalten.

© 2016 novum Verlag

ISBN 978-3-99048-604-7
Lektorat: Susanne Schilp
Umschlagfoto: Carola Deutsch,
DECASA (www.decasa.at)
Umschlaggestaltung, Layout & Satz:
novum Verlag

Gedruckt in der Europäischen Union
auf umweltfreundlichem, chlor- und
säurefrei gebleichtem Papier.

www.novumverlag.com

1 Sprachlos

Mir fehlten die Worte. Und das passierte mir nicht oft, denn in meinem Job ging es vor allem um eines: reden, reden, reden. Und das machte ich durchaus gut, sonst würde ich jetzt auch nicht hier sitzen, als gut bezahlter Producer in der Movie & TV City von Abu Dhabi. Zugegeben, ich war mitten in der Wüste und leistete größtenteils Aufbauarbeit für ein Projekt, das in den nächsten Jahren Hollywood als Zentrum der Film- und Fernsehindustrie ablösen sollte. Aber das war in diesem Moment völlig nebensächlich.

Ich saß im 45. Stockwerk des Burj Mahmood, im romantischsten Restaurant der Stadt mit Blick über die leuchtende Skyline. Die Kulisse hätte ich nicht besser planen können. Nur leider hat man auf die Protagonisten manchmal nur bedingt Einfluss. Und die, um die es sich drehte, war Mae. Die einen wunderbaren Abend gerade mit dem Satz ruiniert hatte: „Es tut mir leid, aber ich fühle es einfach nicht."

Ich war geschockt, denn das war so ziemlich das Letzte, womit ich gerechnet hatte. Nichts hatte darauf hingedeutet, alles hatte sich fast nach Drehbuch entwickelt. Ich hatte Mae vor zwei Monaten zufällig kennengelernt und sie war mir sofort sympathisch. Auch wenn ich aufgrund ihres Jobs – sie arbeitete als Stewardess für eine internationale Fluglinie – etwas skeptisch war. Nicht ganz ohne Grund, denn als ich vor knapp zwei Jahren hierhergekommen war, liefen mir auf Veranstaltungen und Partys viele hübsche

Frauen über den Weg, von denen die meisten, wie ich bald erfuhr, für Airlines arbeiteten – und ihnen eilte ein ganz schlechter Ruf voraus.

Man munkelte sogar, dass man ihnen vor ein paar Jahren strenge Ausgangssperren verordnet hatte, weil man befürchtete, dass sie viele Ehen von Einheimischen in Gefahr bringen würden, sodass man sie lieber unter Kontrolle halten wollte. Übernachten außerhalb der Crew-Akkommodation war verboten, und wenn man sich einen Fehler leistete, saß man schon wieder im Flieger in die Heimat. Während für einige der Stewardessen der Job die Erfüllung ihrer Träume war, war er für andere nur eine Zwischenstation. Und zu dieser letzten Kategorie zählte ich auch Mae, die mich nicht nur mit ihrer direkten und offenen Art überrascht hatte, sondern auch mit ihrem abgeschlossenen Publizistikstudium an der University of Santa Barbara in Kalifornien.

Und bevor sie sich dazu entschlossen hatte, für ein paar Jahre rund um die Welt zu fliegen, hatte sie in ihrer Heimat Indonesien und in Hongkong für namhafte Magazine wie Esquire, GQ oder Glamour gearbeitet. Ihr Reich war die Food Section und Essen war ihre Passion. So hatte sie stets ein Moleskin eingesteckt, in dem sie Rezepte notierte, die sie bei ihren Flügen von Crew-Mitgliedern oder bei ihren Aufenthalten in fremden Ländern unterwegs aufschnappte. „Irgendwann gebe ich das dann als Buch heraus", erzählte sie mir so überzeugt, als wollte sie mir gleich die ersten zehn Exemplare davon verkaufen.

Ich denke, dass sie ihrem damaligen Job auch den Rücken gekehrt hatte, um ihre Vergangenheit hinter sich zu lassen. Neue Kulturen kennenzulernen und zu reisen waren meistens vorgeschobene Gründe und es dauerte auch bei Mae ein paar Wochen, bis sie genug Vertrauen zu mir hatte, um den wahren Grund preiszugeben. Sie hatte ihren Verlobten kurz vor der Hochzeit sitzen lassen. Das klingt jetzt hart, denn im Grunde war es seine Schuld. Er hatte seine Firma in die Pleite geführt, den Ruin aber bis zum Schluss vor ihr geheim gehalten. Das war ein Vertrauensbruch, den auch eine fünfjährige Beziehung nicht kitten konnte. „Wenn mich jemand anlügt, ist er für mich gestorben", sagte sie mir. Da kannte die zierliche Indonesierin, die trotz ihrer 31 Jahre von vielen auf 21 geschätzt wurde, kein Erbarmen.

„Manchmal denke ich, dass ich zu direkt bin. Viele Leute haben Probleme damit, auch viele meiner Exfreunde hatten damit zu kämpfen", erzählte sie, merkte aber auch an, dass sie schon wisse, dass von Zeit zu Zeit auch Mitgefühl gefragt sei „Ich bin schließlich kein Roboter." Mit ihr zu reden war einfach immer interessant, denn sie war unglaublich schlau, hatte sehr viel gesehen und zu allem eine klare Meinung. Und ihre Familie war ihr auch sehr wichtig. Sie hatte eine ältere Schwester, die früher gemodelt hatte und man merkte ihr an, dass sie etwas darunter gelitten hatte, weil sie, trotz ihrer guten Noten und ihres Erfolgs im Berufsleben, immer etwas im Schatten ihrer Schwester gestanden hatte. „Aber das ist okay, sie kann ja nichts dafür, dass sie so gut aussieht." Aber es war nicht nur das. Ihre Schwester war auch die erste mit einem tollen Job, einem reichen Mann und einem Kind, das schon als Baby in Werbespots mitspielte. „Und damit im Monat mehr verdient hat als ich heute"

Auch wenn Mae eine sarkastische Ader hatte, ihr Lächeln konnte Gletscher zum Schmelzen bringen. Das sagte ich ihr natürlich nicht. Zumindest nicht beim ersten Mal, als wir uns trafen. Das war in einer Mall, und weil wir Kaffeetrinken für langweilig hielten, fand unser erstes Gespräch bei einer Partie Bowling statt. Wobei sie mich dabei schön alt aussehen ließ. „Anfängerglück", meinte sie, aber ich war mir da nicht so sicher. Aber es machte mir ehrlich gesagt auch nichts aus zu verlieren, auch wenn ich bei manchem Fehlwurf laut fluchte.

Und so hatte das Ganze seinen Lauf genommen. Ohne dass am Anfang bei mir irgendwelche romantischen Gefühle im Spiel waren. Ich mochte sie einfach und schätzte ihre direkte Art, was sie in meinen Augen zu einem völlig unkomplizierten Menschen machte, der ehrlich war und keine Spielchen spielte. Ich fand sie zwar manchmal etwas schroff, aber dann auch wieder sehr erfrischend. Und sie war so voller Energie. Wenn sie frei hatte, konnte es sein, dass sie einen Berg bestieg, mit einem Fallschirm aus einem Flugzeug sprang, tiefseetauchen ging oder einfach in einem Café ein Buch las. Sie hatte einfach alles und noch viel mehr.

Und mir war klar, dass ich nicht der erste Mann war, der das so sah. Und sie redete nach einer gewissen Zeit auch offen darüber. Über ihren Exfreund, der Geld veruntreut hatte, oder über ihre letzte Beziehung, die sie hier in Abu Dhabi hatte. „Es war schade, denn er war genauso romantisch wie ich und ich mochte ihn sehr gerne. Aber er wollte einfach nichts Ernstes und deshalb habe ich Schluss gemacht. Warum sollte man sich auf eine Beziehung ohne Perspektive einlassen?" Und sie sprach mir dabei aus der Seele.

Zwischen uns entwickelte sich schnell eine richtig gute Freundschaft. Wir waren füreinander da, konnten über alles reden und manchmal kam es mir so vor, als testeten wir auch unsere Grenzen aus. Einfach um zu sehen, was wir gemeinsam hatten und was nicht. „Manchmal kommen mir unsere Gespräche wie ein Job-Interview vor", sagte sie mir einmal und lachte über das ganze Gesicht. Ich dachte darüber lange nach. Waren am Ende nicht die meisten Gespräche so etwas wie Interviews? Vielleicht war es aber auch meine Art, Fragen zu stellen. Die jahrelange Arbeit als TV-Journalist hatte in dieser Hinsicht klar auf mich abgefärbt.

Irgendwann war da bei mir jedenfalls mehr. Ich konnte sogar den Zeitpunkt festmachen. Es war, als ich mit einer Gruppe von ehemaligen Kollegen, die mit mir vor mehreren Jahren für eine Fernsehsendung in Köln gearbeitet hatten, ein Wochenende in Dubai eingeschoben hatte. Der Spaß stand dabei klar im Vordergrund und es drehte sich alles um Beach-Partys, Clubs und Aqua-Parks. Unter diesen Kollegen befand sich auch eine Schauspielerin, mit der ich damals eine kurze Affäre gehabt hatte. Und ich wusste vom ersten Moment an, als ich sie wiedersah, dass sie etwas von mir wollte. Wobei ich vermutete, dass meine Anziehung auf sie diesmal eher von meinem gut bezahlten Job ausging als von romantischen Gefühlen.

Und wie es der Zufall wollte befanden Sheila und ich uns eines Abends allein im Aufzug und sie sah mich mit großen Augen an. Als ob sie fragen wollte: „Willst du noch einen Sprung auf mein

Zimmer mitkommen?" Wenig später fragte sie das auch. Aber ich tat es nicht. Und zwar, weil schon das ganze Wochenende dieser eine Satz immer und immer wieder in meinem Kopf herumspukte: Wie schön wäre es, wenn Mae jetzt da wäre. Und als ich wenig später auf meinem Zimmer war, nahm ich mein Handy aus der Tasche und schrieb Mae eine Textnachricht.

„Freitagabend Abendessen um 20 Uhr bei mir?"
„Klaro ☺", kam postwendend als Antwort zurück.

2 Ein Bauchgefühl

Die Redensart „Liebe geht durch den Magen" traf im Falle von Mae natürlich ganz besonders zu. Schließlich war sie eine Expertin, wenn es um Essen und Kochen ging. Für jedes Magazin, für das sie je gearbeitet hatte, war sie für Restaurant-Tipps und Rezepte zuständig. „Ich konnte überall gratis essen gehen und durfte sogar Freunde mitbringen. Es war wie im Schlaraffenland", kam sie ins Schwärmen, als wir an einem Abend bei „Jones", einem australischen Lokal, zu Abend aßen.

Und es hatte nicht lange gedauert, bis sich unter uns ein Spielchen namens „Food Challenge" eingebürgert hatte. Die Regeln waren simpel: Man schickte über WhatsApp ein Foto von seinen täglichen Mahlzeiten und der andere war dann gefordert, das Foto zu toppen. Im Grunde waren die Kriterien, die über Sieg und Niederlage entschieden, sehr subjektiv und Mae war aufgrund ihres Jobs auch klar im Vorteil, denn es lag auf der Hand, dass man in Städten wie London, Paris oder München besseres Essen serviert bekam als in den Restaurants und Kantinen der Movie & TV City, womit ich meistens vorliebnehmen musste.

Aber Mae war in dieser Hinsicht nie fies, ganz im Gegenteil. Sie dachte an mich und brachte mir regelmäßig Salami von ihren Reisen mit. Denn die war in einem muslimischen Land wie den arabischen Emiraten nicht so einfach zu bekommen. Die gab es genauso wie Alkohol und Schweineschnitzel nur in speziellen Geschäften und dort nur mit Ausweis und durch Hinterlegen einer Kaution. Dazu kam, dass man diese Dinge nicht unbegrenzt einkaufen konnte. Pro Monat durfte man nur einen bestimmten Prozentsatz seines Gehalts dafür verwenden. Was für mich aber keine große Rolle spielte, denn mehr als Fleisch und ein paar Flaschen Rotwein hatte ich noch nie gebraucht.

Ich wollte Mae einen unvergesslichen Abend bescheren. Das Menü stand fest. Es würde Wiener Schnitzel mit Reis und gekochtem Gemüse geben, danach eine Portion „Heiße Liebe" – also Vanilleeis mit Erdbeeren. In solchen Momenten war ich wirklich froh, dass ich als Teenager den Drang verspürt hatte, selbst etwas zu kochen und meine Mutter mir bereitwillig Unterricht gegeben hatte. Und schon bald machte ich eine überraschende Entdeckung: Frauen stehen drauf, wenn sie bekocht werden.

Für Mae hatte ich mir aber noch ein besonderes Extra überlegt. Weil sie Kochrezepte aus aller Welt sammelte, hatte ich mir die Mühe gemacht, das Schnitzelrezept meiner Mutter für sie aufzuschreiben, es mit Fotos des Gerichtes, die ich im Internet gefunden hatte, dekoriert und das Ganze in einen blauen IKEA-Bilderrahmen gesteckt. Blau war nämlich ihre Lieblingsfarbe und es traf sich gut, dass ich nach der Arbeit direkt bei dem schwedischen Möbelhaus vorbeischaute, um sicherzugehen, dass ich ja genügend Duftkerzen hatte, um das Esszimmer in romantischem Licht erstrahlen zu lassen.

Und das tat es. Es erinnerte fast ein bisschen an Weihnachten, so kitschig sah es aus. Mae war sichtlich begeistert, sie hatte sich ja auch schon früh als Romantikerin geoutet. Nur dass ich schon mit dem Kochen fertig war, als sie eintraf, hatte sie ein wenig geärgert. „Du weißt doch, wie sehr ich mich für die Rezepte interessiere!", sagte sie und knuffte mich in die Seite. Ich grinste nur wissend und schenkte ihr ein Glas Rotwein ein.

Der Abend hätte nicht besser verlaufen können. Das Kerzenlicht, dazu die sanften Jazz-Klänge im Hintergrund, das gute Essen, der Wein und vor allem – Mae. Es war schwer in Worte zu fassen, aber sie hatte so etwas Strahlendes an sich und es war kaum möglich, sich dieser geballten Herzlichkeit zu entziehen. Ich denke, das war auch einer der Gründe, warum sie nie Probleme hatte, alleine zu reisen, denn jedes Mal kam sie mit einer Handvoll neuer Bekanntschaften zurück.

Natürlich war es auch überaus interessant zu erfahren, was sich hinter den Kulissen eines Passagierfluges so abspielt. So hatte ich bis dahin keine Ahnung gehabt, welche Hierarchien es unter den Flugbegleitern gibt oder wie sich das Team auf einen Flug vorbereitet. Ich hatte auch nicht gewusst, dass Mae ständig Fortbildungen machen musste, in denen nicht nur Wissen über Flugzeugtypen, sondern auch Weinkenntnisse vermittelt wurden.

Dazu kamen noch Dutzende lustige Geschichten über nervende Passagiere, unfähige Kollegen und über Piloten, die sich teilweise wie Diven aufführten und glaubten, sie könnten den Macho raushängen lassen. „Einige sind voll in Ordnung, andere schikanieren die Crew oder baggern Stewardessen an, obwohl sie verheiratet sind", erzählte sie. Und auch die männlichen Passagiere betrachteten die Cabin Crew oftmals als Freiwild. „Man bekommt immer wieder Telefonnummern zugesteckt, aber bei mir landen sie direkt im Papierkorb." Mae hatte Werte und hielt an ihnen fest. Ein weiterer Charakterzug, der sie noch liebenswerter machte.

Je mehr wir uns dem finalen Gang des Essens näherten, desto nervöser wurde ich. Ich hatte Angst, mit Mae schon zu sehr auf der Freundschaftsschiene festgefahren zu sein. Aber vielleicht war es andererseits auch der perfekte Weg, um so etwas wie eine Beziehung entstehen zu lassen, denn wir kannten einander. Wir kannten unsere Familiengeschichten und wir kannten Geheimnisse des anderen, die man sich nicht einfach aus Jux oder Langeweile erzählt. Aber natürlich konnte man das auch unter Freunden.

Als sie bei ihren letzten Löffeln Eis war, stürzte ich mit den Worten „Ich hab was für dich" aus dem Zimmer und holte mein Geschenk, das ich extra in Geschenkpapier eingewickelt hatte. Blaues Geschenkpapier, wohlgemerkt. Sie war begeistert. „Mein Gott, das ist so was von nett." Und sie drückte mich ganz fest an sich.

„Ready für den Film?" Sie nickte bestimmt. Weil der Fernseher in unserer Wohnung, die ich mir mit der Französin Celine und der Ukrainerin Victoria teile, schon seit gut einem Jahr nicht mehr funktionierte und auch keiner von uns je das Bedürfnis gehabt hatte, ihn zu reparieren, wurde eben manchmal mein Schlafzimmer zum Film-Zimmer umfunktioniert und man machte es sich auf dem Bett gemütlich und schaute am Laptop. Und das war genau das, was Mae und ich vorhatten.

„Was für Filme hast du denn?" Die Frage hätte auch lauten können, welche Filme den Umzug in die Emirate überlebt hatten. Denn bevor ich diesen Schritt gemacht hatte, musste ich ordentlich ausmistenund so hatten es wirklich gerade einmal eine Handvoll DVDs in den Koffer geschafft, darunter die „Dark Knight"-Trilogie, „Inception" oder „Catch Me If You Can". Und da Stewardessen in diesem Leonardo-DiCaprio-Film auch eine tragende Rolle spielen, fiel Mae die Wahl nicht sonderlich schwer.

Als der Film begann, kuschelten wir uns näher aneinander. Ich hatte meinen Arm um sie geschlungen, ihr Kopf ruhte auf meiner Schulter und ihr rechter Arm lag auf meinem Bauch. Aber er lag nicht einfach so da, denn von Zeit zu Zeit streichelte sie mich sanft, und als wir beim Abspann des Films angelangt waren und ich mich zu ihr drehte, war jedes weitere Wort überflüssig. Wir schauten uns tief in die Augen und unsere Lippen kamen sich immer näher, bis sie sich sanft berührten. Und dann noch einmal und bald mischten sich auch noch die Zungen ein ins Geschehen.

Es war ein schönes Gefühl, Mae so nahe zu spüren und obwohl das Küssen im Laufe der Zeit immer intensiver wurde, zog sie eine klare Grenze. Es wurde nichts ausgezogen, es wurde nicht unsittlich gegrapscht, der Fokus des Abends lag auf Streicheln und leidenschaftlichem Küssen. Und das betrieben wir so intensiv, dass wir dazwischen sogar eine Trinkpause einlegen mussten. Und am Ende lagen wir einfach Arm in Arm da. Sie schmiegte sich an mich wie eine Katze und schloss kurz die Augen.

Aber das Piepen ihres Handyweckers riss uns aus der Zweisamkeit. „Ich muss nachhause, sonst verpasse ich die Ausgangssperre." Sie sprang vom Bett und rannte schnell ins Badezimmer. Als sie zurückkam und sah, dass ich noch im Bett lag, fuhr sie mich neckisch an: „Auf, auf, oder willst du mich nicht bis vor die Haustüre begleiten?" Und so landeten wir beide auf dem Rücksitz des Uber-Taxis und wieder kuschelte sie sich an mich.

Ich spürte ein Gefühl der Geborgenheit, das ich schon lange nicht mehr gehabt hatte.

3 Der Baum in der Wüste

Und da saß ich nun im 45. Stockwerk des Burj Mahmood, dem romantischsten Restaurant der Stadt, mit Blick über die leuchtende Skyline und wusste nicht so recht, wie ich damit umgehen sollte, dass dieses Gefühl eine Woche später schon wieder der Vergangenheit angehören sollte. Ich konnte es mir einfach nicht erklären.

„Willst du darauf gar nichts sagen?" Mae sah mich mit großen Augen an und wartete auf eine Reaktion. Ich tat mir sehr schwer. „Es tut mir leid. Ich weiß nicht so recht, was ich darauf sagen soll. Ich meine, vor einer Woche war alles noch perfekt. Ich verstehe das nicht so ganz." Ich konnte ihr dabei nicht in die Augen schauen. Stattdessen wanderte mein Blick immer wieder in die Ferne. Ich starrte wortlos in den morgenländischen Himmel, nur Sterne suchte ich dort vergebens. Auch fliegende Teppiche waren mir bisher noch nicht untergekommen.

„Hör zu, es tut mir wirklich leid, ich wollte ja, dass es funktioniert. Deshalb habe ich mich auch darauf eingelassen. Aber als ich am nächsten Tag aufgewacht bin, habe ich gewusst, dass es ein Fehler war." Das tat einfach nur weh, denn ich wusste, dass ich alles gegeben hatte, um sie von mir und meinem aufrichtigen Interesse an ihr zu überzeugen, aber es hatte offenbar nicht gereicht. Wir zahlten und gingen zum Lift. „Ich wollte dir das persönlich sagen, das war ich dir einfach schuldig. Und ich würde mich freuen, wenn wir Freunde bleiben könnten." Sie klang aufrichtig.

Ich hatte zu diesem Zeitpunkt aber keine Antwort für sie. Ich wünschte ihr leicht sarkastisch noch einen schönen Abend und stieg ins Taxi. Im Kopf ging ich die Ereignisse der letzten Tage noch einmal genau durch. Da war nichts Auffälliges dabei. Unsere Gespräche hatten sich im Vergleich zu der Zeit vor dem besagten Abendessen nicht wirklich verändert, dazu waren wir beide auch den Großteil der Woche geschäftlich unterwegs. Ich war bei der Comic Con in Dubai, während bei ihr mehrere Langstreckenflüge auf dem Dienstplan standen.

Die Kommunikation war trotzdem nie abgerissen. Ganz im Gegenteil. Wir planten das nächste Wochenende, an dem ich ihr eine Golfstunde geben wollte. Dann wollten wir noch bei IKEA einkaufen, ein neues Restaurant ausprobieren und vielleicht an die Küste fahren. Das Abendessen im Burj Mahmood war ein spontaner Einfall gewesen, da sich ihr Dienstplan im letzten Moment geändert hatte und wir uns trotzdem sehen wollten. So fuhr ich auch direkt nach meiner Rückkehr von der Konferenz zum Dinner.

Aber man kann in Menschen eben nicht hineinschauen. Genauso wenig wie man sie dazu zwingen konnte, einen gern zu haben oder gar mehr. Und das war mir bewusst und ich wusste auch, dass Trübsal blasen in diesem Moment der ganz falsche Weg war. Deshalb nahm ich mein Handy, überlegte angestrengt und begann, meine Nachricht an Mae im WhatsApp-Chat einzutippen.

„Mae, ich schätzte deine Ehrlichkeit, auch wenn sie mich in diesem Moment echt traurig gemacht hat. Deshalb wusste ich auch nicht, was ich sagen sollte. Es fällt mir nicht so leicht, mich jemandem so zu öffnen, wie ich es bei dir getan habe. Ich hatte ehrlich gesagt letzte Woche Angst, einen Schritt weiterzugehen. Aber ich musste es versuchen, um Gewissheit zu haben, ob da etwas zwischen uns ist, das Zukunft hat oder nicht."

Ich musste mich zusammenreißen, damit mir nicht im Taxi plötzlich die Tränen über die Wangen kullerten. Ich atmete ein paarmal tief durch und schrieb weiter.

„Ich bin jetzt zwar traurig, aber ich werde drüber hinwegkommen. Es ist halt frustrierend, nicht zu wissen, was ich falsch gemacht habe. Ich würde dich aber nur ungern ganz verlieren.

Denn wahrscheinlich brauche ich auch in Zukunft einen Baum in der Wüste."

Baum in der Wüste. Das war einer meiner Kosenamen für sie gewesen. Als ich sie das erste Mal so genannt hatte, war sie sehr gerührt gewesen. „Ich glaube, so etwas Schönes hat noch nie jemand zu mir gesagt." Und ich hatte es so gemeint, denn sie spendete mir Schatten. Die Gespräche mit ihr ließen selbst die kargste Wüstenlandschaft wie einen blühenden Regenwald erscheinen und sie zu dieser besonderen Zeit in meinem Leben zu haben, gab mir ein Gefühl der Sicherheit.

Inzwischen war meine Nachricht bei Mae angekommen. „Da ist gar nichts, was du falsch gemacht hast. Manchmal geht es halt einfach ums Gefühl und glaube mir, es hat mich auch sehr traurig gemacht, dir das heute zu sagen. Du bist ein guter Kerl, aber ich denke, wir sind nicht füreinander bestimmt. Und Gefühle kann man eben leider nicht erzwingen. Und es ist es wert, auf die richtige Person zu warten." Ich hasse nichts mehr, als wenn jemand mit solchen Floskeln daherkommt.

Ich war sehr deprimiert. „Gibt es nichts, was ich an mir ändern kann? Ich möchte wenigstens irgendetwas aus dieser Erfahrung lernen." Aber sie konnte mir da auch nicht weiterhelfen. „Wenn dich jemand nur mag, weil du dich nach seinen Vorstellungen veränderst, dann hat das keinen Sinn." Selbst in diesem Moment konnte ich nicht anders, als sie für ihre Fähigkeit bewundern, Dinge auf den Punkt zu bringen.

„Ich werde immer als Freund für dich da sein. Und das ist ein Versprechen." Das glaubte ich ihr, aber ich wusste in diesem Moment nicht, wie ich mit der Situation umgehen sollte. „Nimm dir alle Zeit, die du brauchst." Sie versuchte wirklich, nett zu sein, auch wenn sie wahrscheinlich selbst wusste, wie schwer es mir gerade fiel, mit ihr zu reden. Ich versprach, mir darüber Gedanken zu machen. Und bevor ich ihr eine gute Nacht wünschte, schickte ich ihr noch schnell ein Video, das ich vor ein paar Tagen aufgenommen hatte.

„Ich dachte, ich überrasche dich damit. Aber nachdem das jetzt keine große Rolle mehr spielt, möchte ich es dir einfach so zeigen." Es war ein Musikvideo, das ich zuhause mit meinem Handy gedreht hatte. Die Melodie stammte vom Maroon 5-Song „Won't go home without you", eines von Maes Lieblingsliedern, und den Text hatte ich geschrieben. Als ich jünger war, hatte ich in einer Band Gitarre gespielt und Lieder geschrieben. Das kam mir auch jetzt noch manchmal zugute. Wie bei dem Song „9000 Islands". Sie fand den Song übrigens toll, obwohl sie anmerkte, dass es in Indonesien mehr als 17.500 Inseln gibt. Aber das Lied hatte Potenzial. Selbst Wochen, nachdem ich es geschrieben und zigmal zuhause geübt hatte, summten es meine Mitbewohnerinnen immer noch. Im Gegensatz zu mir hatte es wohl das gewisse Etwas.

9000 ISLANDS

She comes from a land of 9000 islands,
she left it for a chance to see the world.
Jumped on a plane with a far-away destination,
told her family goodbye and Mae was on her way.

Seeing places she's never been before,
delicious food, she wants to have some more,
she takes her pen and starts to write what's on her mind …
… tales of a cabin crew.

She's aiming high,
not just serving coffee in the sky,
she is super brave and that's why
some call her a tree in the desert.

She wakes up each day in a different country.
Sometimes she hardly knows the time of day.
But in her heart she always remembers
how California and GQ influenced her way.

Seeing places she's never been before,
delicious food, she wants to have some more,
she takes her pen and starts to write what's on her mind …
… tales of a cabin crew.

She's aiming high,
not just serving coffee in the sky,
she is super brave and that's why
some call her a tree in the desert.

4 Die Freundschaftsfalle

Konnte man mit einer Frau, für die man mehr als freundschaftliche Gefühle empfand, befreundet sein? Das war die Frage, die mir nach dem letzten Gespräch mit Mae Kopfzerbrechen bereitete. Einerseits wusste ich, was für eine tolle – wohl gemerkt platonische – Freundin sie sein konnte, aber andererseits waren da seit einiger Zeit von meiner Seite Gefühle da und ich hatte Zweifel, ob man die einfach so abschalten konnte.

„Wie viele Freundinnen, mit denen du vorher etwas hattest, hast du?" Die Frage meiner Schwester Rebecca war berechtigt. Und sie hatte recht, denn diese Konstellation klappte in den wenigsten Fällen. Meine erste Freundin in Abu Dhabi war mir da ein warnendes Beispiel. Sie hieß Aisha, stammte aus Madagaskar und wir lernten uns bei einer Reggaeparty kennen. Es war seltsam, denn ich hatte gerade ein Mal mit ihr getanzt und von dem Moment an wich sie mir nicht mehr von der Seite und schaute mich die ganze Zeit mit verliebten Augen an.

Wir hatten schöne drei Monate zusammen, aber im Laufe der Zeit wurde mir immer mehr bewusst, dass es für den Moment zwar ganz nett war, aber dass sich bei mir keine tieferen Gefühle entwickeln würden. Das tat mir wirklich leid, denn ich wusste, es würde ihr das Herz brechen. Deshalb versuchte ich auch, mich mit einer Ausrede aus der Affäre zu ziehen. „Es tut mir leid, es passt eben momentan nicht und ich habe andere Lebenspläne. Ich möchte mich in der nächsten Zeit noch mehr auf meine

Karriere konzentrieren. Unsere Lebenswege passen leider einfach nicht zusammen."

Sie hatte sichtlich Probleme, damit klarzukommen. Immer wieder meldete sie sich und wollte vorbeikommen. Und immer wieder sagte ich ihr dasselbe. „Auch wenn du vorbeikommst und wir miteinander schlafen, ändert das nichts an den Tatsachen." Sie versuchte es trotzdem, bis es mir zu viel wurde und ich ihr sagte, dass wir uns nicht mehr treffen würden, weil ich die Situation nicht ausnützen wolle. Das kam mir nämlich schäbig vor. Sie gab vor, das zu akzeptieren und dass es für sie kein Problem sei, nur befreundet zu sein. Das hätte von der Realität nicht weiter entfernt sein können.

Es fing damit an, dass sie sich immer häufiger bei mir meldete und irgendwann begann, mir Vorwürfe zu machen, was ich doch für ein schlechter Freund sei. „Freunde melden sich regelmäßig. Freunde treffen sich regelmäßig. Freunde können auch miteinander ins Kino gehen." Und so weiter. Das war aber noch nicht das Schlimmste, denn bald hatte ich das Gefühl, dass sie versuchte, mich zu kontrollieren. Ständig kamen Fragen, wo ich denn sei und mit wem ich denn gerade unterwegs sei.

Den Gipfel erreichte die Geschichte aber, als ich mit einer neuen Bekanntschaft ein romantisches Wochenende in Dubai verbrachte. Es fing ganz harmlos an, als mir Aisha erzählte, dass ich doch bei ihrer Cousine vorbeischauen solle, die auch in Dubai wohnte. Dann rief sie mich abends an, ob ich nicht ausgehen wolle. „Wieso, bist du etwa auch in Dubai?" Und als sie die Frage mit Ja beantwortete, lief mir ein kalter Schauer über den Rücken. „Ich glaube nicht, dass das eine so gute Idee ist. Ich bin nämlich nicht alleine hier." Darauf folgten wie aus der Pistole geschossen Fragen wie: „Ist sie deine neue Freundin? Schläfst du mit ihr? Werdet ihr heiraten?" Der Gedanke, dass man vielleicht auch Zeit brauchte, um diese Dinge herauszufinden, war ihr offenbar nicht sehr vertraut.

Jedenfalls wurde es mir bald zu viel. Als ich dann noch anhand ihrer Facebook-Posts feststellte, dass sie uns gewissermaßen stets auf der Spur war – zum Glück mit einer Stunde Rückstand – und die Sehenswürdigkeiten in derselben Reihenfolge anschaute wie wir, zog ich die Reißleine. Als sie sich das nächste Mal bei mir meldete und mich und meine Bekannte zum Abendessen einladen wollte, war für mich der Punkt erreicht, diese „Freundschaft" für gescheitert zu erklären. „Das ist, glaube ich, für uns beide besser so." Diesmal musste sie es akzeptieren.

Die Situation mit Mae war anders, schließlich waren wir über Wochen hinweg gute Freunde gewesen. Aber trotzdem hatte die eine Nacht unsere Beziehung schwerwiegend verändert. Das sah auch Imre so. Er war mein Personal Trainer aus Ungarn, mit dem ich dreimal in der Woche früh morgens im „Gym" meiner Wohnanlage an meiner Fitness arbeitete. Ein Training, das ich bitter nötig hatte, denn meine Grundlagenausdauer war aufgrund der stressigen Zeit vor meinem Umzug in den Mittleren Osten ziemlich am Tiefpunkt.

Aber Imre war mehr als nur mein Fitness-Trainer, vor allem bei Problemen mit Frauen hatte er sich zu so etwas wie einem Life-Coach entwickelt. Und auch diesmal hatte er sofort einen Rat parat: „Wenn du Gefühle hast, kannst du Freundschaft vergessen. Das kann nicht gut enden. Du wirst dich weiterhin um sie bemühen und unterm Strich nicht das zurückbekommen, was du dir erhoffst." Damit hatte er natürlich recht. Und wie würde das erst sein, wenn sie einen neuen Freund hätte? Würde ich mir ihre Liebesgeschichten anhören können, ohne eifersüchtig zu werden?

„Zieh einen Schlussstrich, und wenn sie sich irgendwann wieder bei dir meldet, weil sie erkannt hat, dass sie vielleicht doch mehr fühlt, dann fein und sonst weißt du, dass deine Entscheidung richtig war." Es klang hart, aber ich wusste, dass er damit recht hatte. Es mochte mich zwar eine gute Freundin kosten, aber es war der einzige erwachsene Ausweg aus dieser Situation. Und nachdem ich fast drei Tage auf Tauchstation gegangen war, fragte ich Mae, ob es möglich wäre, sie zu treffen, bevor ich geschäftlich nach München fliegen musste. Es war möglich und ich denke, irgendwie war ihr schon bewusst, was auf sie zukommen würde.

Mir war jedenfalls wichtig, dass das erwachsen und sachlich über die Bühne ging, denn schließlich mochte ich Mae ja.

Und zwar mehr, als gut für mich war. Also setzte ich mich am Tag unseres Treffens an meinen Schreibtisch, ließ die Arbeit einmal links liegen und fing an, an meiner „Abschiedsrede" zu schreiben. Und obwohl ich im Laufe meiner Karriere schon ein gutes Dutzend an Reden und Anmoderationen geschrieben hatte, fiel mir das diesmal bedeutend schwerer.

Mae, du hast dich in den vergangenen Monaten zu einer so wichtigen Person in meinen Leben entwickelt und ich hatte sofort das Gefühl, dass ich dir vertrauen und Dinge mit dir teilen kann, die ich sonst nicht so leicht jemandem erzähle. Und so hast du dich zu so etwas entwickelt wie meinem Baum in der Wüste.

Das hat mir ehrlich gesagt auch etwas Angst gemacht, denn ich habe so etwas schon lange nicht mehr für jemanden empfunden und mit jedem Gespräch, jeder Runde unserer „Food Challenge" wurdest du für mich wichtiger und so entstand bei mir der Wunsch, dass da mehr zwischen uns ist.
Deshalb stellte ich dir auch die ganzen persönlichen Fragen. Ich wollte dich nicht verhören, sondern dich einfach besser kennenlernen. Bis ich das Selbstbewusstsein hatte, den nächsten Schritt zu wagen.

Aber leider teilen wir nicht dieselben Gefühle und das ist auch okay und es motiviert mich nur, noch mehr an mir zu arbeiten, sodass eines Tages eine so sympathische und smarte Frau wie du in der Lage ist, mehr in mir mehr zu sehen als einen Freund.

In habe mir auch um unsere Freundschaft Gedanken gemacht und da sind noch so viele Dinge, die wir zusammen unternehmen wollten. Wir wollten neue Restaurants ausprobieren, zusammen zum Formel-1-Rennen gehen oder Lebkuchen backen.
Aber ich glaube nicht, dass ich das kann. Denn wenn ich dich anschaue, dann kann ich nicht anders, als eine wunderschöne, clevere junge Frau zu sehen, die essen über alles liebt und von Zeit zu Zeit vergisst, welcher Tag in der Woche gerade ist. Und ich mag dieses Mädchen um so vieles mehr als nur eine normale Freundin.

Glaub mir, es fällt mir nicht leicht, aber ich möchte nicht verletzt werden. Und deshalb denke ich, dass es besser ist, wenn wir uns nicht weiter sehen. Und zwar nicht, weil ich dich nicht mehr mag, sondern weil ich dich einfach zu sehr mag.

Ich denke, es war einer der rührendsten Momente, die „Starbucks" im Zentrum von Abu Dhabi je erlebt hatte. Ich blieb stark und schaffte es wirklich, ruhig zu bleiben und die Message so authentisch rüberzubringen, dass sie nicht aufgesetzt wirkte. Mae schaute mich währenddessen ruhig an. Zwischendurch wischte sie sich eine Träne aus den Augenwinkeln.

„Ich verstehe dich. Und ich respektiere deine Entscheidung, aber ich möchte auch, dass du weißt, dass du, wenn du je einen Freund brauchst, immer auf mich wirst zählen können." Das war so ziemlich das Letzte, was wir zu dem Thema sagten. Sie erzählte mir noch kurz von den Flügen, die in den nächsten Tagen auf ihrem Dienstplan standen, dann standen wir auf. „Du nimmst ein Uber-Taxi? Okay, ich muss da lang." Der Moment des Abschieds war da. Ich nahm sie noch einmal in die Arme, drückte sie ganz fest und flüsterte ihr „Pass auf dich auf" ins Ohr. Es war ein Ende, aber es war ein gutes.

5 The normal one

Der Trip nach München kam genau zur rechten Zeit und würde mich auf andere Gedanken bringen. Und der Tag sollte auch gleich gut beginnen. Beim Check-in machte man mich darauf aufmerksam, dass ich bereits so viele Flugmeilen gesammelt hatte, dass ich ab sofort dem „First Priority Club" angehörte. Was bedeutete, dass ich, wenn ich aus Abu Dhabi wegflog, von nun an die „Fast Lane" beim Einchecken und Boarding benutzen durfte und, was mich noch viel mehr freute, ich durfte in die Business Lounge, was mir in Zukunft stundenlanges Warten und zielloses Herumspazieren im Abflugterminal ersparen würde.

Ich fragte mich, ob ich dort wohl viele Kollegen aus der Firma treffen würde, denn schließlich waren die meisten von ihnen sowieso auf Business gebucht. Das ärgerte mich manchmal, denn sie hatten besser verhandelt als ich. Nicht, dass ich mich beschweren wollte – schließlich verdiente ich in zwei Monaten so viel wie manche Kollegen in Europa in einem Jahr. Allerdings hatte ich bald feststellen müssen, dass es intern noch immer gewaltige Unterschiede gab. Und es hatte den Anschein, dass dies weniger mit der Qualifikation als vielmehr mit der Nationalität zusammenhing.

„Wollen Sie einen Kaffee?", wurde ich in der Business Lounge freundlich begrüßt. Ich nickte dankend, versank in den bequemen Ledersessel und legte meine Beats-Kopfhörer auf den Tisch. Ich dachte, dass es vielleicht ein guter Zeitpunkt sei, mich auf die

Movie & TV City Expo etwas genauer vorzubereiten, musste aber beim Scrollen durch den E-Mail-Verkehr feststellen, dass ich bisher nicht wirklich viele Informationen erhalten hatte. Unterm Strich war es der jährliche Event, bei dem sich unsere Firma der Weltöffentlichkeit präsentierte. Waren es in den letzten Jahren Cannes und Venedig gewesen, stand eben in diesem Jahr München auf der Einladung. Was mir sehr entgegenkam, denn die Vorfreude auf Weißwurst mit Bier und Brezn war schon sehr groß.

Mehr aus Langeweile öffnete ich Facebook und scrollte ein bisschen durch die Posts, wirklich ins Auge sprang mir aber nichts. Ich klickte lediglich einmal auf den Like-Button, als ein Freund von mir ein Urlaubsfoto mit seiner neuen Freundin gepostet hatte. Clemens war offensichtlich gerade am Grand Canyon. Und zwar mit Ana, einer ehemaligen Arbeitskollegin, auf die er schon lange ein Auge geworfen hatte. „Irgendwann werde ich sie heiraten", hatte er mir oft zu nächtlicher Stunde nach einigen Runden Bier erzählt und es freute mich, dass er seinem Ziel offensichtlich näher gekommen war.

Apropos Arbeitskollegin. Ich klickte mich durch die Freundschaftsvorschläge und blieb bei einem Namen hängen. Tatsächlich war es weniger der Name, als vielmehr das Profilfoto, auf dem mich ein wunderschönes Gesicht anstrahlte. Der Name „Alice Fernandes" sagte mir nichts, aber als ich ihr Profil öffnete, sah ich unter der Rubrik „Arbeitsplatz" zu meiner Überraschung und insgeheimen Freude Movie & TV City Abu Dhabi. Gut, das konnte natürlich vieles bedeuten, denn dort gab es allein 3000 Fixangestellte, aber ihr Facebook-Profil, oder zumindest das, was ich davon uneingeschränkt sehen konnte, machte einen sehr professionellen Eindruck. Sie durfte also doch keine ganz unwichtige Rolle innehaben.

Welche genau, konnte ich aber nicht wirklich einschätzen und auch der eine gemeinsame Freund machte das Raten nicht einfacher. Egal, dachte ich mir und schickte ihr eine Freundschaftsanfrage, gefolgt von einer kurzen Nachricht. „Hi, ich komme aus Österreich und arbeite seit zwei Jahren als Senior Producer in der Movie & TV-City. Bin grad auf dem Weg zur Expo in München.

Bist du da auch irgendwie involviert?" Ich dachte, dass das ein guter Einstieg sei, denn selbst, wenn sie es nicht wäre, würde sie zumindest beeindruckt sein, dass ich dafür nach Deutschland musste.

Der Flug nach München verlief problemlos, und als ich aus dem Flughafen spazierte, atmete ich einmal tief durch. Die frische Luft hatte ich schon sehr vermisst. Aus den Augenwinkeln bemerkte ich Abdelhamid, was gar nicht so einfach war, denn ohne seinen weißen Kaftan, den er normalerweise rund um die Uhr trug, sah er völlig anders aus. Nun steckte er in einem knallroten Armani-Anzug, hatte eine schwarze Sonnenbrille auf und blickte wichtig auf seine goldene Rolex, die etwas zu groß für sein Handgelenk zu sein schien. Diese Businesstrips waren bei den Einheimischen sehr beliebt und anscheinendbekamen sie diese problemlos bewilligt. Ich durfte mich allerdings auch nicht beschweren, denn schließlich hatte auch ich bisher keinen Plan, warum ich eigentlich in München war.

„Wollen wir uns ein Taxi zum Hotel teilen?", fragte ich ihn. „Mein Freund Amir holt mich ab." Perfekt, dachte ich mir. „Kann ich vielleicht mitfahren?" Er grinste hämisch. „Das wird leider nicht möglich sein. Sein Lamborghini hat nur zwei Sitze." So ging es eben per Taxi ins Hotel. Und dort angekommen, musste ich mich sofort bei meinem Manager zum Dienst melden. „Bitte bereite alle Talks mit den Stars vor, damit du die Moderatoren morgen früh briefen kannst." Nach dem siebenstündigen Flug war das zwar etwas hart, denn es bedeutete ein paar Stunden konzentrierte Internetrecherche, aber wenigstens wusste ich jetzt, was meine Aufgabe war. Und die Stargäste waren auch nicht irgendwer, sondern Tom Cruise, Til Schweiger und Steven Spielberg.

Zweifellos große Namen in der Filmindustrie und ich hatte im Laufe der Zeit auch den Eindruck gewonnen, dass große Namen im Mittleren Osten noch mehr Bedeutung hatten als sonst wo auf der Welt. Aber klar, am Anfang eines Projektes wie der Movie & TV City Abu Dhabi war es eben einfacher, der Weltpresse große Namen zu verkaufen, als die ambitionierte Vision einer Stadt in der Wüste zu promoten, um die Nummer 1 im internationalen Filmgeschäft zu werden.

Ich selbst war nicht so versessen auf Stars wie viele meiner Kollegen. Ich hatte keine Fotos mit Promis auf meinem Desktop-Hintergrund oder in meiner Facebook-Timeline. Ich sah darin keinen Sinn. Klar respektierte ich jemanden für das, was er geleistet hatte, aber ich war mir eben auch bewusst, dass manche in ihrem Job eben mehr im Vordergrund stehen als andere und nur aufgrund ihrer Medienpräsenz diese spezielle Aufmerksamkeit bekommen.

Eine Lektion, die ich vom früheren Borussia-Dortmund-Erfolgscoach Jürgen Klopp gelernt hatte. Vor vielen Jahren hatte ich als Regie-Assistent bei einem Sender in Mannheim gearbeitet und Klopp hatte sich zu dieser Zeit bereits als Coach von Mainz 05 einen Namen gemacht. Wie es der Zufall wollte, war er einmal Gast bei der Talkshow, bei der ich gerade mitarbeitete. Als meine damalige Freundin Susa davon erfuhr, war sie außer sich.

„Der ist so cool, du musst für mich unbedingt ein Foto mit ihm machen!" Gesagt, getan. Als Jürgen aus der Maske kam, nahm ich ihn schnell zur Seite.

„Dürfte ich schnell mit Ihnen ein Foto machen? Meine Freundin ist ein ganz großer Fan." Klopp klopfte mir auf die Schulter und grinste mich an. „Klar darfst du. Aber sag mal, was stimmt denn mit deiner Freundin nicht? Ich bin doch ein ganz normaler Typ." Jahre später sollte er bei seiner Antrittspressekonferenz beim FC Liverpool den Spitznamen „The Normal One" verpasst bekommen. Meine englischen Kollegen in der Movie & TV City waren übrigens unglaublich neidisch auf meine Begegnung mit „Kloppo".

Ich brauchte Ruhe. Und so ging ich nach dem Gespräch mit meinem Manager auf mein Zimmer, fuhr meinen Laptop hoch und studierte die Menükarte des Zimmerservices. Die Entscheidung fiel recht leicht. „Bitte bringen Sie mir ein Wiener Schnitzel aufs Zimmer." Dann startete ich mit dem Fragenkatalog. Dabei war es naturgemäß wichtig, eine Brücke zur Movie & TV City zu schlagen, was nicht immer ganz einfach war. Dass Tom Cruise einen Teil von „Mission Impossible" in Dubai am Burj Khalifa gedreht hatte, war aber natürlich hilfreich.

Dieser Teil meiner Arbeit machte mir Spaß. Ich schrieb die Skripts immer, indem ich mich selbst fragte, was mich interessieren würde und mir war es wichtig, etwas Neues zu erfahren, etwas, das die Zuschauer nicht schon zum wiederholten Mal in anderen Talkshows gehört hatten. Darüber hatte ich bei meinem letzten New-York-Aufenthalt auch mit „Late Night"-Moderator Seth Meyers im Rahmen einer seiner Shows gesprochen. „Um beim Publikum gut anzukommen, gibt es zwei Möglichkeiten. Entweder man blödelt mit den Gästen um die Wette. Aber dafür muss man auch der Typ sein. Oder man erreicht bei den Interviews eine Tiefe, die die Leute fesselt. Und das geht nur mit guter und detaillierter Vorbereitung."

Es ist übrigens eine lustige Geschichte, wie ich zu Seth Meyers gekommen bin. Es hatte nichts mit meinem Job zu tun, sondern mit meiner Schwester Rebecca. In drei Jahren in New York hatte sie sich nicht nur ins Management eines Major League Soccer-Clubs hochgearbeitet, sie hatte sich auch mit sämtlichen Showgrößen von „30 Rock" angefreundet und bekam Tickets für alle möglichen Shows, wofür sich andere stundenlang anstellen mussten. Sie war eben eine echte Überfliegerin.

Ich fragte mich, was Rebecca die Promis in München fragen würde. Schließlich war sie auch für ihre Schlagfertigkeit bekannt. Wäre es eine gute Idee, die aktuelle Flüchtlingsproblematik in Europa anzuschneiden? Ich wusste, dass Til Schweiger dazu eine profilierte Meinung hatte. Aber ich entschied mich dagegen. Es musste andere gute Themen geben, um in die internationalen Medien zu kommen. Mir würde schon etwas Passendes einfallen.

Als ich meine Notizen niederschrieb, poppte am unteren Rand meines Bildschirms ein kleines Facebook-Fenster auf. Es war Alice, die offenbar gerade meine Freundschaftsanfrage akzeptiert hatte. „Hi! Freut mich auch, dich kennenzulernen. Ich arbeite seit einem Jahr in der Corporate Social Responsibility-Abteilung der Movie & TV City. Leider bin ich in München nicht involviert, aber meine Managerin Bernadine ist dort. Kennst du sie?"

Game on.

6 Segen oder Fluch

Während viele meiner Kollegen den Münchentrip nutzten, um einmal so richtig auf den Putz zu hauen und zu zeigen, was sie sich nicht alles leisten konnten, inklusive der obligatorischen Besuche von Strip Clubs, schätze ich an München vor allem die Dinge, die man nicht mit Geld kaufen kann. Morgens im Englischen Garten laufen zu gehen, ohne dass einen die Hitze erschlägt, oder einfach die Natur zu genießen, die frische Luft zu atmen. Das alles waren Dinge, die ich erst schätzen gelernt hatte, als ich sie plötzlich nicht mehr hatte. Dass der Spruch „Man ist, was man hat" heute mehr denn je Gültigkeit zu haben scheint, war mir aber natürlich bewusst. Und viele waren neidisch auf mich. Aus den unterschiedlichsten Gründen. Weil ich ab und zu im Fernsehen war, weil ich interessante Leute kennenlernte oder weil ich mehr verdiente. Was die meisten Leute nicht sahen, war, dass ich mir das alles hart erarbeitet hatte. Ich war 15 Jahre alt, als ich zu arbeiten anfing.

Während meine Freunde im Garten Fußball spielten oder um die Häuser zogen, saß ich jedes Wochenende in der Redaktion einer Tageszeitung und erlernte mein Handwerk. Und diesen Eifer behielt ich auch während meiner Studienzeit. Ich ließ keine Chance aus, um Erfahrung zu sammeln, egal, ob bezahlt oder nicht. Das Wichtigste war mir, mich weiterzuentwickeln, von Meistern ihres Fachs zu lernen, denn ich wusste, das würde mich im Endeffekt weiter bringen, als ein typischer Studentenjob, der vielleicht etwas mehr Geld in die Taschen spülte.

Das alles änderte aber nichts daran, dass mich Personen aus meinem Umfeld und auch Freunde von früher anders sahen. Und zwar nur deshalb, weil der Betrag auf meiner Gehaltsabrechnung höher war als auf ihrer. Kaum war ich nach Abu Dhabi gezogen, meldeten sich Bekannte, von denen ich schon Jahre nichts mehr gehört hatte. Entweder hatten sie tolle Ideen, wie ich mein Geld anlegen konnte, oder sie wollten mir etwas verkaufen. Andere wiederum redeten einfach nicht mehr mit mir. Darunter vor allem diejenigen, die Jura oder BWL studiert hatten. Ich denke, dass es für sie einfach schwer zu verstehen und zu akzeptieren ist, dass jemand, der nicht aus ihrem Metier ist, mehr verdient als sie.

Im Gegensatz zu vielen anderen mache ich mir nicht viel aus Geld. Für mich ist es etwas, dass mir dabei half, mein Leben einfacher zu machen. Das hieß zum Beispiel, dass ich mir einen Direktflug leisten konnte und nicht mehr nach einer Verbindung suchen musste, bei der man öfter umsteigen muss, um ein paar Euro zu sparen. Wenn ich ein Hotel buchte, konnte ich es mir leisten, im Zentrum zu wohnen und wenn ich schnell wohin musste, rief ich ein Taxi, anstatt mit den Öffentlichen zu fahren. Das sind die kleinen Dinge, die für mich persönlich den Unterschied ausmachen.

Aber Geld hat zweifellos die Macht, Menschen zu verändern. Das hatte ich auch bei meinem ersten Besuch zuhause nach meinem Jobantritt bemerkt. Ich gab dafür auch dem Formel-1-Grand-Prix die Schuld. Denn bevor ein TV-Sender im Rahmen der Motorsport-Berichterstattung einen zweiminütigen Beitrag über die Movie & TV City und deren Visionen brachte, wusste niemand so genau, wo ich war und was ich eigentlich machte. Als sie dann die Größe des Projektes und die Ausmaße der Anlage, die von der Fläche her schon jetzt die größte Film- und TV-Produktionsstätte der Welt ist, sahen, wurden ihre Augen auf einmal ganz groß und viele meldeten sich, um mir nachträglich zu gratulieren. Auch mein Vater war darunter. „Ich hatte ja keine Ahnung, wie groß das ist." Er hätte sich nur die Mühe machen müssen, einmal danach zu googeln. Ich fragte mich, ob das bei meiner neuen

Bekannten Alice auch so ähnlich gewesen war. Aber vielleicht wussten Asiaten dank ihrer Schulbildung im Allgemeinen mehr über den Mittleren Osten.

Mein Job bei der Expo war wie erwartet keine große Herausforderung. Beim Frühstück traf ich die Moderatoren der „Star Talks", die alle von der BBC aus London eingeflogen worden war, und da ich die meisten schon von anderen Events kannte, hatten wir nach einer Stunde so gut wie alles besprochen. Der Rest würde ohnehin von den vielen Agenturen, die die Movie & TV-City für den Event engagiert hatte, erledigt werden. Ich war also völlig entspannt. Im Grunde war es ein aufgelockerter Business-to-business Event, der unsere Firma mit internationalen Zulieferern der Filmindustrie zusammenbrachte. Aufgelockert durch ein paar Hollywoodstars.

Als mein Handy vibrierte und ich den Namen des Anrufers sah, konnte ich nicht anders, als laut loszulachen. Damit zog ich zwar einige verständnislose Blicke auf mich, aber damit konnte ich leben. „Mensch Alter, was geht ab?" Mir wurde bewusst, wie sehr ich diesen Satz vermisst hatte. Es war Dirk, aber in Wirklichkeit kannten ihn alle nur unter seinem Künstlernamen Johnny B. und als Sänger der deutschen Rock-Band „Die Chaoten". Wir hatten uns 2009 bei den Dreharbeiten zum Tarantino-Streifen „Inglourious Basterds" kennengelernt, bei dem er einen Cameoauftritt hatte und ich bei dem zugegeben riesigen Produktionsteam dabei war.

Wie es der Zufall wollte, hatte ich meine Gitarre am Set dabei, und nach einer Jamsession, an der sich sogar einige der Hauptdarsteller kurz beteiligt hatten, waren wir so etwas wie „Best Buddies". „Ich schau einen Sprung vorbei, okay?" Klar hatte ich nichts dagegen, denn ich wusste, das würde ein besonderer Spaß werden. Und ich hatte mich nicht getäuscht. Johnnys Auftritt bei der Expo hätte nicht besser inszeniert sein können. Er stolzierte durch den Haupteingang im langen Nerzmantel, die schwarze Sonnenbrille auf der Nase, ein hämisches Grinsen im Gesicht. Er war auch nicht alleine gekommen, sondern hatte offenbar einen Freund mitgebracht. Da ich mich für Fußball interessierte, reichte ein Blick, um festzustellen, dass es sich bei seinem Bekannten um den Fußball-Profi Neven Lalic handelte.

Und kaum hatten ihn die anwesenden Fotografen erblickt, war Tom Cruise plötzlich nicht mehr ganz so wichtig, und inmitten des Blitzlichtgewitters spazierte er auf mich zu. „So ein Empfang wäre nicht notwendig gewesen", grinste er mich an und begrüßte mich mit einer männlichen Umarmung. „Gut, dich wiederzusehen." Er stellte mir Neven als einen der besten Kicker vor, die je für St. Pauli gespielt hatten. Klar, der Kiez-Klub war schließlich Johnnys Herzensverein. „Können wir hier nicht in Ruhe was trinken?"

Mein Manager hatte das Spektakel aus der Ferne mit angesehen und wusste offensichtlich nicht so recht, wie er das Ganze einordnen sollte. Klar, im Mittleren Osten waren „Die Chaoten" nicht so bekannt. Aber als ich ihm meine beiden Gäste als deutschen Rockstar und kroatischen Nationalteamspieler vorstellte, war er natürlich happy. Mehr Stars, mehr Publicity. Sofort wurden die beiden von ihm mit VIP-Akkreditierungen ausgestattet. Und natürlich musste er gleich ein Selfie mit den beiden machen.

„Ein wenig starstruck, deine Scheichs", meinte Johnny und ich musste wieder laut lachen. Er hatte ein echtes Talent, Dinge auf den Punkt zu bringen. „Jetzt erzähl mal, wie ist es in der Wüste?" Und so schilderte ich ihm, was ich so alles in Abu Dhabi erlebt hatte. Von den täglichen Herausforderungen, den kulturellen Eigenheiten, der Inschallah-Mentalität und irgendwann kamen wir auch auf das Geld zu sprechen. „Naja, irgendeinen Ausgleich muss es ja geben. Schließlich lebst du in einer Affenhitze und unter Kamelen, oder?", meinte der Musiker treffend und auch Neven nickte zustimmend. Der Kroate hatte mit Geld und Ruhm so seine eigenen Erfahrungen gemacht.

„Mit 18 hat mich ein deutscher Scout in der zweiten Liga in Kroatien entdeckt und zum HSV gebracht. Dann haben sich in der Vorbereitung die ersten drei Stürmer verletzt, ich bin in die Startelf gerutscht und hab in den ersten drei Spielen dreimal getroffen. Ich hatte keine Ahnung, was mit mir passierte." Aus dem Nobody aus Pula war über Nacht ein Star geworden und plötzlich hatte er eine Schar neuer Freunde um sich herum, er hatte so viel Geld wie nie zuvor und er wusste nicht, was er damit anfangen sollte.

„Statt zu sparen, hab ich meine Exfreundinnen zum Einkaufen eingeflogen, ich bin jeden Tag mit meinen Freunden ausgegangen, habe eine nach der anderen abgeschleppt. Es war, als schwebte ich auf einer Wolke, ich lebte in meiner eigenen Welt. Es war krank." Ich schüttelte den Kopf. Ich hatte mich schon oft gewundert, welche Wirkung Geld auf Frauen zu haben schien. Waren sie mit einer dicken Brieftasche wirklich leichter zu beeindrucken als mit einem guten Charakter? Waren viele tatsächlich bereit, ihre Freiheit aufzugeben, um im Wohlstand zu leben?

Die Rechnung für seinen extravaganten Lebensstil bekam Neven wenig später präsentiert. Seine Fitnesswerte waren bald im Keller und er pendelte zwischen Ersatzbank und Tribüne, bis ihn der Klub in die zweite Mannschaft, die in der dritten Liga spielte, abschob. Es sollte Jahre dauern, bis er sich wieder zurück nach oben gekämpft hatte. Über den Umweg St. Pauli schaffte er es schließlich zurück in die Bundesliga und konnte sich im Finish seiner Karriere doch noch seinen Lebenstraum erfüllen, sich das kroatische Teamtrikot überzustreifen. Zwar nur in einem Vorbereitungsmatch, aber das war ihm unterm Strich egal.

„Erst als ich meine heutige Frau kennenlernte und eine Familie gründete, wurde mir bewusst, was es bedeutet, für andere Verantwortung zu übernehmen. Das Geld wurde fortan gespart statt verprasst", meinte er rückblickend. „Wie schaut's bei dir eigentlich mit den Frauen aus?", kam es von Johnny in meine Richtung. Das war eine gute Frage. Seit dem Vortag hatte die Nachrichtenfrequenz zwischen mir und meiner neuen Bekannten Alice deutlich zugenommen. Sie schickte mir Selfies aus Abu Dhabi, ich schickte ihr Fotos aus München. Sie war mit Ausnahme der Türkei noch nie in Europa gewesen und es schien ihr zu gefallen.

Ich zeigte meinem Kumpel eines ihrer süßen Fotos und er grinste. „Glaub mir, die wird dir noch Ärger bringen." Ich war verwirrt und schüttelte ungläubig den Kopf. „Wie kommst du denn darauf? Sie wirkt doch sehr nett." Er legte mir die Hand auf die Schulter und warf mir einen wissenden Blick zu. „Junge, ich erkenn' das am Gesichtsausdruck. Aber du kannst es gerne selbst herausfinden." Und genau das hatte ich vor.

7 Der Gentleman

Während meiner Zeit in München hatten Alice und ich ein kleines Spielchen laufen. Ich hatte sie gefragt, was ich ihr denn mitbringen solle, und sie hatte scherzhaft „Bier" gesagt. Alkohol in ein muslimisches Land wie den Vereinigten Arabischen Emiraten einzuführen, war nämlich ein Ding der Unmöglichkeit. „Challenge accepted", dachte ich mir. „Okay, ich werde es versuchen. Aber wenn ich dann beim Zoll verhaftet werde, musst du mich im Gefängnis besuchen."

Mir war klar, dass es mit echtem Bier sehr schwer werden würde. Aber irgendetwas in der Art musste es in München – einer Stadt, die schließlich weltbekannt für ihr Weißbier war – doch geben. Und so stöberte ich in mehreren Einkaufszentren. Mit einem Biermagneten für den Kühlschrank würde ich wohl zu billig davonkommen, dachte ich mir. Doch ich hatte Glück. Plötzlich stand ich nämlich vor einem Fruchtgummi-Laden und der führte wirklich Gummibärchen mit Biergeschmack, die noch dazu in Biergläser gefüllt waren.

Ich ließ das Geschenk gut verpacken und nahm es im Handgepäck nach Abu Dhabi mit. Im Endeffekt hatte ich mehr Angst, dass das Glas beim Transport beschädigt werden könnte, als dass mich der Zoll aufhalten würde. Aber beide Sorgen erwiesen sich als unbegründet und ich spazierte problemlos in die Ankunftshalle, wo mein indischer Fahrer Hari schon auf mich wartete. Auf dem Weg nach Hause textete ich Alice. „Hab den Zoll überstanden.

Wann machen wir denn die Übergabe?" Und wir verabredeten uns für den übernächsten Tag im alten Souk von Abu Dhabi.

Davor sollte ich aber zumindest schon einmal ihre Stimme hören, denn als sie am nächsten Tag für eine Recherche ein paar Informationen aus meiner Abteilung brauchte, rief sie nicht wie sonst die Sekretärin an, sondern mich. Jetzt hatte ich zum Facebook-Profilbild immerhin schon die Stimme. Sie war ruhig, irgendwie ein bisschen rau, aber auf jeden Fall sympathisch. Wir unterhielten uns ganz nett, wie das Kollegen eben tun, bis sie dann am Ende sagte: „Wir sehen uns dann morgen."

Erste Treffen sind immer etwas Spezielles. Entweder man ist sich sympathisch oder man versucht, den Abend so schmerzfrei wie möglich hinter sich zu bringen. Ich hatte mich auf jeden Fall dafür entschieden, ein eher legeres Outfit zu wählen, als im sterilen Businessanzug aufzukreuzen. So wartete ich im kleinen Kulturzentrum des Souk.

„Verspäte mich um circa 20 Minuten", las ich, kurz nachdem ich am Treffpunkt angekommen war, und so vertrieb ich mir die Zeit damit, Interesse an den Ausstellungsstücken zu heucheln, die ich allerdings schon zigmal vorher bestaunt hatte. Es war eben ein beliebter Treffpunkt. Und dann stand sie vor mir. Sie war nicht ganz so groß, wie ich sie mir vorgestellt hatte, aber in dem weißen Kleid war sie auf jeden Fall ein echter Hingucker. Ihr Gesichtsausdruck erinnerte mich an ein Model, das gerade über den Laufsteg spaziert. Ihre roten Lippen waren leicht gespitzt und sie begrüßte mich mit einem freundlichen bis leicht süffisanten „Hallo, Herr Kollege".

Wir beschlossen, zuerst einen Kaffee trinken zu gehen und redeten zum Einstieg, wie konnte es auch anders sein, fast ausschließlich über die Arbeit. Wobei es dabei nicht wirklich detailliert um das ging, was wir machten, sondern allgemein um die Movie & TV City, mit all ihren Vor- und Nachteilen und wir stellten bald fest, dass wir sehr ähnliche Erfahrungen gemacht hatten. „Ich denke, für ein paar Jahre ist es hier ganz okay. Am Anfang konnte ich mir allerdings nicht einmal vorstellen, dass ich es hier länger als zwei Monate aushalten würde", meinte sie überaus ehrlich und ich konnte mir schon vorstellen, dass es ein ähnlich großer Kulturschock für jemanden aus Thailand war, hierher zu kommen wie für mich als Europäer.

Und dawir gerade über die Arbeit sprachen, kamen wir natürlich auch auf München zu sprechen, und da dachte ich, der Zeitpunkt sei nun perfekt, um ihr das „Bier" zu überreichen. Und sie lachte lauthals los, als sie mein Geschenk ausgewickelt hatte und das Glas mit dem Bier-Gummibärchen in den Händen hielt. „Sehr clever von dir", blinzelte sie mich neckisch an. Mit dem Kaffee waren wir jedenfalls bald fertig. „Willst du runter zur Strandpromenade spazieren?", und schon schlendertenwir los. Es war ein angenehmer Vibe zwischen uns, aber ich merkte, dass ich den ersten Schritt tun und etwas mehr von mir preisgeben musste.

Und nachdem ich ihr ein bisschen über meinen beruflichen Werdegang erzählt hatte, warf ich irgendwann den Satz ein: „Irgendwie glaube ich, dass ich meine Geschwister etwas im Stich gelassen hab." Denn genau zu dem Zeitpunkt, als meine Eltern sich scheiden ließen, ging ich für ein Jahr in die USA, um dort zu studieren. Eine Zeit, in der sie mich gebraucht hätten, denn diese ganze Scheidungsgeschichte war für meinen Bruder und meine Schwester eine echte Belastung. Und ich erinnerte mich noch gut daran, als die beiden eines Tages vor meiner WG-Türe standen und fragten, ob sie bei mir wohnen dürften.

Für meine Eltern, die zu diesem Zeitpunkt noch zusammenwohnten und nach außen eine heile Welt vorspielten, war diese Aktion völlig unverständlich. „Warum habt ihr das gemacht? Es ist doch alles okay", versuchte unsere Mutter zu vermitteln. Doch das war nicht der Fall. „Ihr seid einfach falsch. Hört auf, uns und alle anderen anzulügen, und benehmt euch wie Erwachsene", schnauzte meine Schwester sie damals bitterböse an. Als ich Alice daraufhin noch ein paar wirklich unschöne Details erzählte, wie es zwischen meinen Eltern so weit gekommen war, konnte sie sich nicht mehr zurückhalten. Ich musste einen Nerv getroffen haben.

„Oh mein Gott, wie ich diese Lügen und Dramen verabscheue." Und dann erzählte sie mir, dass ihr Vater Vertreter war und ihre Mutter sich fast allein um die Erziehung von ihr und ihren drei Brüdern kümmern musste. Und nach einiger Zeit stellte sich heraus, dass ihr Vater seit Jahren ein Doppelleben geführt hatte und sich in einer seiner viel bereisten Städte eine zweite Familie aufgebaut hatte. „Ich habe ihn dafür gehasst, denn das war wohl das Respektloseste, was er hatte machen können." An Scheidung war aber trotzdem nicht zu denken, denn laut Alice gab es das in Thailand so gut wie gar nicht. Und die ganze Situation eskalierte, als ihr Vater einen Autounfall hatte und plötzlich beide Familien ums Krankenbett versammelt waren.

Inzwischen waren wir an einem Park angekommen, der an die Strandpromenade grenzte. Die Sonne war gerade hinter dem Horizont verschwunden und nicht weit entfernt hörten wir Musik. Wir spazierten einige Meter weiter und fanden uns wenig später vor einer Bühne, auf der der Schülerchor der „Abu Dhabi British School" offenbar ein Konzert gab. „Hast du Lust zuzuhören?" Sie nickte und wir setzten uns ins Publikum. Wir hörten gebannt der jugendlichen Interpretation von Funs „Some Nights" zu und applaudierten fleißig, als der Song vorbei war. Alice war wirklich sehr enthusiastisch bei der Sache und ihr Gesicht strahlte förmlich. „Das hätte meinem Sohn auch gefallen."

Ich hielt kurz inne, denn von ihrem Sohn hatte ich gerade zum ersten Mal gehört. Und ich war mir bewusst, dass dieser Moment über alles entscheiden würde, was in Zukunft zwischen mir und ihr passieren würde. Aber zu meinem eigenen Erstaunen blieb ich sehr ruhig. Wahrscheinlich deshalb, weil man einfach akzeptieren muss, dass in diesem Alter jeder schon eine Vergangenheit hat. Und außerdem mag ich Kinder. „Wirklich? Wie alt ist denn dein Sohn?" Und sie erzählte mir, dass Lorenzo oder „Enzo", wie sie ihn gerne nannte, inzwischen acht Jahre alt sei und bei ihrer Mutter in Nonthaburi wohnte.

Und dass er das klügste Kind überhaupt sei. Mit super Schulnoten und einer für sein Alter außergewöhnlichen Cleverness. Und sie erzählte mir, wie sie ihrem Sohn erklärt hatte, wie die Finanzwelt funktioniert und was mit seinem Geld auf der Bank passiert und wie es dazu kommt, dass es mehr wird. Mich verblüfften dabei vor allem die Fragen, die ihr Enzo gestellt hatte. Er war offensichtlich wirklich ein überaus cleveres Kerlchen und Alice war sichtlich stolz auf ihn. „Und was ist mit dem Vater des Kindes?", fragte ich vorsichtig.

Und dann erzählte sie mir, wie sie in ihrer Kindheit von einem Schönheitswettbewerb zum anderen gereist war. Damals, als sie noch viel dünner war und als sie es geliebt hatte, im Rampenlicht zu stehen und Preise abzuräumen. Und wie sie das sagte, musste ich instinktiv grinsen. „Wenn mir vor einem Jahr jemand erzählt hätte, dass ich ein Date mit der ehemaligen Schönheitskönigin eines Landes haben würde, hätte ich ihn wohl ausgelacht." Jedenfalls kam dann die Entscheidung zwischen Modelkarriere oder Studium und sie entschied sich für die Ausbildung, da man als Model in Thailand nicht wirklich viel verdiene. Und kaum war sie mit dem International-Management-Studium fertig, fand sie, dass jetzt der richtige Zeitpunkt sei, ein Kind zu bekommen.

Ihr damaliger Freund, natürlich ein Geschäftsmann mit eigener Firma, war über zehn Jahre älter, und obwohl man annehmen sollte, dass er reif genug für die Vaterrolle gewesen wäre, zog er doch lieber mit seinen Freunden um die Häuser, als zuhause die Hand der schwangeren Alice zu halten. Und so kam es, dass ihn die im sechsten Monat schwangere Alice verließ und zu ihrer Mutter zog. „Aber wir haben auch jetzt noch ein gutes Verhältnis. Er ist inzwischen verheiratet, hat Kinder und er sieht Enzo regelmäßig. Und Enzo weiß, dass er immer sein Papa bleiben wird, egal, wen die Mama nachhause bringt."

Womit wir beim Thema „Beziehungen" angelangt waren. Und darauf war sie überhaupt nicht gut zu sprechen, was ziemlich sicher auch mit den Enttäuschungen zusammenhing, die sie mit ihrem eigenen Vater und dem Vater von Enzo erlebt hatte. Sie erzählte mir von ihrer Fernbeziehung mit einem deutschen Geschäftsmann, der beruflich in Hongkong zu tun hatte, die am Ende daran zerbrach, dass sie ihn als zu kontrollierend empfand. Zuletzt war sie mit dem Chef einer Freundin aus Kanada zusammen gewesen. „Aber über den möchte ich eigentlich nicht reden." Was sie aber schon loswerden wollte, war, dass sie Beziehungen als überflüssig empfand, dass sie Drama verabscheute und dass Menschen sowieso nicht dazu bestimmt seien, für immer zusammenzubleiben.

„Und für was brauche ich einen Mann? Ich bin eine selbstständige Frau mit einer eigenen Karriere und einen Vater für mein Kind suche ich auch nicht." Ich hatte ihrem Monolog lange wortlos zugehört, als wir langsam wieder in Richtung Souk spazierten. Und ich kam mir irgendwie vor wie auf total verlorenem Posten. Mir war schon klar, dass sie auf Männer nicht gut zu sprechen war, aber so, wie sie sich hier über Männer und Beziehungen ausließ, hätte sie wohl die meisten Männer verscheucht. Ich fand sie aber irgendwie faszinierend. Sie hatte einfach eine Power und selbstbewusste Ausstrahlung, die mich beeindruckten, und dann war da noch dieses atemberaubend schöne Lachen.

Inzwischen hatten wir Hunger bekommen und so landeten wir beim nächsten Italiener. Und da die Bedienung wie vielerorts aus Thailand kam, konnte Alice in ihrer Landessprache bestellen, was mir insgeheim imponierte. „Meine Freunde meinen, ich täte mir bei Beziehungen schwer, weil ich so hohe Ansprüche stelle. Aber warum sollte ich das denn nicht?" Ich kam nicht zum Antworten, denn ihr Telefon läutete und es folgte ein längeres, angeregtes Gespräch auf Thai, von dem ich natürlich nichts verstand. „Das war unsere Haushälterin, die mich davor gewarnt hat, dass eigenartige Typen in unserem Haus unterwegs sind und immer wieder anklopfen. Sorry, ich muss ganz schnell meine Freundin anrufen."

Alice hatte mir erzählt, dass sie mit einem befreundeten Ehepaar, dessen junger Tochter Sera und einer Haushälterin zusammenwohnte. Wohl günstig, aber dafür auch nicht wirklich in der besten Gegend der Stadt. Das Gespräch mit ihrer Freundin war schon etwas entspannter. Sie lachte dazwischen auch mal, schaute mich immer wieder an und ich bildete mir ein, dass hin und wieder mein Name fiel. Nachdem sie aufgelegt hatte, lachte sie noch einmal herzhaft. „Nein, das kann ich dir nicht erzählen." Sie zuckte grinsend mit den Schultern und dann erzählte sie es doch.

„Meine Freundin hat gemeint, wenn ich Angst hätte, alleine nachhause zu gehen, dann solle ich doch bei meinem Date übernachten. Aber ich hab ihr gleich gesagt, so gut kennen wir uns nun auch nicht und ich hab ihr dann zur Sicherheit deinen Namen gegeben, damit sie weiß, an wen sich die Polizei wenden muss, wenn ich nicht wieder zuhause auftauche." Ich schaute sie leicht entgeistert an und wusste nicht so recht, ob sie das ernst gemeint hatte oder nicht. Den Gedanken, dass es sicherer wäre, zu mir zu kommen, als zuhause irgendwelche windigen Typen anzutreffen, hatte ich allerdings ehrlich gesagt auch gehabt.

„Ich sag dir, wie wir es machen. Ich werde ein Gentleman sein und dich bis zu deiner Haustüre begleiten, damit dir ja nichts passiert." Und auf diesen Vorschlag stieg sie ein und so stand ich sieben Stunden, nachdem wir uns im Kulturzentrum der Souk getroffen hatten, vor ihrer Wohnungstüre. Auch wenn sie noch so selbstbewusst war, diesmal war sie sichtlich erleichtert, dass sie jemand hierher begleitet hatte. Ich umarmte sie zum Abschied und gab ihr einen Kuss auf die Wange. Und ich muss gestehen, dass ich, als ich wieder zum Taxi spazierte, nicht wirklich wusste, wie ich diesen Abend einordnen sollte.

8 Die Prinzessin

Auch wenn ich so meine Zweifel daran hatte, dass es zu etwas führen würde, machte es jedenfalls Spaß, mit Alice auf dem Messenger hin und her zu schreiben. Nachdem wir ausgegangen waren, meldete sie sich täglich am Morgen und die Gespräche waren durchaus erheiternd. Ich bekam mehr und mehr das Gefühl, über alles mit ihr reden zu können. Über ernste Dinge, wie beispielsweise meinen Eindruck, dass meine Eltern manchmal trotz der Entfernung noch immer versuchten, sich in mein Leben einzumischen und mir weise Ratschläge mit auf den Weg geben wollten, die oftmals fehl am Platz waren, da sie von der Branche, in der ich arbeitete, keine Ahnung hatten.

Oder einfach über belanglose Sachen wie Filme. Psychologische Thriller zog sie übrigens allen anderen Filmen vor. Oder dass sie Strawberry-Cheesecake über alles liebte, weil sie den Kontrast mochte. Oder dass sie einen geheimen Ort in der Wüste entdeckt habe, wo auf dem Schwarzmarkt Alkohol und Schweinefleisch verkauft wurden. Oder dass sie angefangen habe, Tennis zu spielen, weil ihr Rafael Nadal so gut gefalle und sie im kurzen Tennisrock ihrer Einschätzung nach sehr gut aussehe.

Von Zeit zu Zeit kamen Essensfotos, aber bei weitem nicht so häufig wie bei Maes „Food Challenge". Und sie schickte auch gerne Selfies von der Arbeit. Und die schauten manchmal so professionell aus, dass es fast einschüchternd wirkte. Es war nicht das schwarze Kostüm, der dunkelrote Lippenstift, die schwarze

Brille oder die hochgesteckten Haare. Es war ihr ausdrucksloses Gesicht. „Manche sagen, ich hätte ein ‚Resting Bitch Face'. Wenn ich will, kann ich aber auch eine ‚Little Miss Goody Two Shoes' sein." Das konnte ich mir gut vorstellen. „Und das benutzt du dann, wenn du von jemandem etwas brauchst, richtig?" Sie lachte. „Stimmt, aber das ist doch wohl ein offenes Geheimnis, dass Frauen ihren Charme und ihre Reize einsetzen, wenn sie etwas wollen, oder?"

Und dann, eines Nachts, kam kommentarlos ein Foto. Es zeigte Alice, diesmal lächelnd, und vor ihr auf dem Tisch stand eine kleine Schokoladentorte mit der Glasur „Happy Birthday". Ich war etwas geschockt und verärgert zugleich. „Du hast Geburtstag?" Das hätte sie mir wirklich vorher sagen können, denn so kam ich mir etwas dumm vor. „Ja. Es ist meine Geburtstagswoche. Weil nicht alle meine Freunde am selben Tag Zeit haben, feiere ich halt jeden Tag."

Und sie erzählte, dass ihre Mutter ihr mit auf den Weg gegeben hatte, wie wichtig es sei, den Geburtstag mit Leuten zu feiern, die einem etwas bedeuten. Und da sie keinen auslassen wollte, gab es bei ihr eben viele Feiern. „Aber das heißt nicht, dass ich mit irgendwelchen Leuten feiere. Ich hab wirklich nur sehr wenige enge Freunde, ich bin auch nicht der Typ dafür. Aber wenn ich mal einen Freund habe, dann behalte ich ihn in meinem Leben. Aber es gab auch Freunde, denen ich den Rücken gekehrt und dann nie mehr zurückgeschaut habe."

Das war wieder einmal eine harte Ansage, aber diese teilweise extreme Seite an ihr hatte ich schon mehrere Male zu sehen bekommen und ich ordnete sie in die Kategorie Selbstschutz ein. Egal von wem, sie wollte einfach nicht verletzt werden und darum hatte sie mit der Zeit wohl eine Mauer um sich aufgebaut. Die Frage war, ob es für mich einen Weg gab, diese Defensive zu überwinden. Ich wünschte dem Geburtstagskind noch einmal eine gute Nacht und meinte zum Abschluss, dass ich mir für sie einen Spitznamen überlegen würde. „Warum brauche ich einen Spitznamen?", fragte sie verwundert und mit einem Zwinkersmiley folgte meine Antwort: „Weil jede spezielle Person einen braucht."

In Wahrheit hatte mein Gehirn, seit es das Foto von der Geburtstagstorte gesehen hatte, auf Hochtouren gearbeitet. Ich bin ein Mensch, der nicht in Problemen, sondern in Lösungen denkt. Und statt mich darüber zu ärgern, dass sie mir nichts von ihrem Geburtstag verraten und mich damit so überrascht hatte, suchte ich nach einem passenden Comeback, um in ihrem Beliebtheitsranking wieder ein paar Plätze gutzumachen. Und plötzlich war ich hellwach und stöberte im Internet nach einem Blumenversand. Weil Blumen, dachte ich, zu so einem Anlass immer passen.

Und bald war ein Strauß mit roten und weißen Rosen bestellt, der am nächsten Tag an ihrem Arbeitsplatz zugestellt werden sollte. Angesichts des eher lockeren Umgangs mit zeitlichen Absprachen hierzulande hatte ich bei dem Termin so meine Zweifel, aber ich nahm an, dass der Strauß zumindest innerhalb der Woche eintreffen sollte. Dazu hatte ich mir noch eine passende Nachricht überlegt. „Du hättest mir vorher sagen können, dass du Geburtstag hast, Prinzessin." Ein Kosename war damit auch gefunden. Perfekt. Und Absender gab ich natürlich keinen an, denn es musste ja nicht jeder in der Movie & TV City wissen, dass wir uns kannten.

Und ich musste grinsen, als ich am nächsten Tag kurz vor Mittag eine Nachricht von Alice erhielt. „Jemand hat mir Blumen geschickt." Ich spielte natürlich den Überraschten. „Wirklich? Ich schätze, es ist dein Geburtstag, oder? Und ich nehme an, du magst Blumen?" Sie schickte einen neckischen Smiley zurück. „In Wirklichkeit ziehe ich Geld oder Schuhe vor." Es dauerte ein paar weitere Stunden, bis sie sich sicher war, dass die Rosen von mir stammten. „Wenn sie von dir sind, vielen Dank. Das war sehr aufmerksam von dir." Und sie meinte noch, eigentlich seien sie zwei Tage zu früh angekommen, denn dann sei erst ihr tatsächlicher Geburtstag.

Am nächsten Tagen folgte ein Foto vom üppigen Strauß. „Bin heute neben wunderschönen Rosen aufgewacht." Das las ich gerne und merkte an, dass ich auch gerne ihren Gesichtsausdruck gesehen hätte, als die Blumen geliefert wurden. „Sie wurden ins Büro meiner Chefin geliefert, denn ich hab den ganzen Tag dort mit ihr gearbeitet", kam es lachend zurück. „Und warst du überrascht?" Darauf kam eine Antwort, die sie endgültig zur Prinzessin machte. „Ja, aber ehrlich gesagt, hab ich früher so viele Blumen von dem Kanadier bekommen. Aber als ich die Nachricht gelesen habe, wusste ich, dass sie von dir waren."

Das nervte mich jetzt ein wenig, denn plötzlich hatte ich das Gefühl, dass meine Geste dadurch an Wert verloren hatte. „Ich hätte mir etwas Kreativeres überlegen sollen. Ich hätte mir denken können, dass jemand wie du ständig mit Blumen überhäuft wird." Aber so hatte sie es offensichtlich doch nicht gemeint. „Spinnst du? Die waren wunderschön und alle haben mich beneidet! Ich bin nach der Arbeit mit einem Bouquet aus dem Büro spaziert, das fast so groß war wie ich." Das interessierte mich jetzt doch etwas genauer. „Hat deine Chefin nicht gefragt, wer dir die Blumen geschickt hat?" Doch, hatte sie. „Und was hast du gesagt?", fragte ich neugierig. „Jemand, der denkt, ich sei eine Prinzessin."

Die restliche Woche über folgte eine Fotostrecke nach der anderen. Geburtstagstorte hier, Geburtstagsdrinks da, dazu Geschenke und so weiter. Dazu unzählige Facebook-Post mit Danksagungen, Verlinkungen und so weiter. Immerhin hatte es auch mein Blumenstrauß auf ihre Pinnwand geschafft, eine Verlinkung und genauere Erklärung dazu gab es aber natürlich nicht. Es war ihr 32. Geburtstag, aber ihr Alter hörte sie nicht gerne. „Bei 30 habe ich aufgehört zu zählen und ich höre oft, dass ich ohnehin aussehe wie 22." Ganz so extrem war es nicht, aber es stimmt schon, dass Asiatinnen häufig deutlich jünger aussehen, als sie tatsächlich sind.

Und mit der Zeit dachte ich mir, dass der Spitzname, den ich ihr gegeben hatte, doch nicht ganz passend war. Denn was Alice in Wirklichkeit war, war ein klassisches „It-Girl", das hunderte Follower auf ihren Social-Media-Channels hatte und sich bemüßigt fühlte, sich zu jedem aktuellen Thema zu äußern. Aber noch konnte ich mit ihr Schritt halten. Nicht in Bezug auf meine Aktivitäten in sozialen Netzwerken, aber mein Job gab mir gerade die Chance, mich auf mehreren Gebieten zu profilieren, und so moderierte ich in diesen Tagen mehrere Veranstaltungen, was sich dann doch auf meiner Facebook-Seite widerspiegelte, die ich gemeinhin fast ausschließlich für Posts nützte, die mit meiner Karriere in Zusammenhang standen.

Und sie fand das cool, weil es sie daran erinnerte, dass sie nach ihrer Schönheitsköniginnenzeit auch für Events als Moderatorin gebucht wurde, was ihr Spaß gemacht hatte. Und ich konnte mir das bei ihr auch gut vorstellen, denn sie hatte dafür das richtige Auftreten und wusste, wie man sich gekonnt artikuliert. Und es war deshalb auch nicht verwunderlich, dass sie den Job in der CSR-Abteilung bekommen hatte, denn auch dort sind diese Eigenschaften gefragt. „Und im Grunde muss man ständig um Sachen kämpfen, Dinge aushandeln und dafür ist es wichtig, sich gut zu verkaufen. Aber das weißt du ja eh selbst am besten, schließlich arbeitest du fürs Fernsehen."

Ich wollte sie wiedersehen. Und es entwickelte sich ein wirklich amüsanter Dialog.

Ich: „Eine Partie Tennis oder Abendessen bei mir am Freitag um 8?"

Alice: „Also, wenn du wirklich Schweinefleisch und Wein hast, dann komm ich lieber zum Essen vorbei. Aber vergiss nicht, dass ich hohe Standards habe."

Ich: „Die haben meine Wiener Schnitzel auch."

Alice: „Du bist so überzeugt von deinen Kochkünsten. Du hast Selbstvertrauen. Das gefällt mir."

9 Let's Marvin Gaye and get it on

„Brich dir nicht das Genick dabei, mein Essen vorzubereiten", meldete sie sich am Freitagnachmittag. „Keine Sorge, es ist ja keine Diplomarbeit." Sie fragte, ob sie etwas mitbringen solle und ich antwortete, dass ein Lächeln völlig ausreichen würde. Eine halbe Stunde nach acht klingelte das Telefon. „Der Taxifahrer ist komplett verwirrt." Ich schickte ihr den Ort via Google Maps und versuchte, den Fahrer übers Handy zum richtigen Ort zu lotsen. Als sie endlich meine Wohnanlage erreicht hatten, wurde es Alice zu bunt. „Ich steige beim Main Gate aus und spaziere zu dir. Da bin ich sicher schneller, als wenn ich mit dem Taxi stundenlang im Kreis fahre."

„Der Abend fängt ja schon einmal gut an", dachte ich mir und sagte noch, bevor sie auflegte: „Warte, ich komm dir entgegen!" Und so schaltete ich schnell die Herdplatten, auf denen der Reis und das Gemüse kochten, herunter. Die Schnitzel würde ich dann sowieso frisch zubereiten, das dauerte nicht lange. Ich kramte meine Adidas Sneakers hervor und sprintete im Eiltempo die Treppe hinunter, um vor der Türe des Gebäudes zu schauen, ob sie schon in Sichtweite war. Sekunden später läutete das Telefon erneut und nun war es Alice, die ich zu meiner Wohnung lotsen musste.

Es dauerte nicht lange, da sah ich sie um die Ecke biegen. Sie trug eine Jeans und ein süßes Top. Und der Spaziergang hatte ihr Schweißperlen auf die Stirn gezaubert. „Also, wenn das Essen jetzt nicht lecker ist …", und ihr scharfer Blick durchbohrte mich förmlich. Aber ich blieb cool und drückte sie kurz an mich. „Schön, dass du doch noch hergefunden hast." Und ich hielt ihr in Gentlemanmanier die Haupttüre des Apartmenthauses auf. Sie schritt vor mir die Treppe hinauf und ihre Art zu gehen und ihr Hüftschwung ließen keine Zweifel daran, dass sie schon als Kind gelernt haben musste, wie man repräsentativ über den Laufsteg geht, denn auch jetzt schaute es genauso aus.

„Ist das Essen schon fertig? Ich bin am Verhungern", war das Erste, was sie zu mir sagte, als wir endlich die Wohnung betraten. In diesem Moment war ich froh, dass ich wie immer rechtzeitig mit den Vorbereitungen begonnen hatte. Damit meine ich nicht nur das Kochen, sondern auch das Ambiente rundherum – das mit Kerzen dekorierte Esszimmer, der gedeckte Tisch und die Jazzmusik, die im Hintergrund lief. Eine perfekte Umgebung für einen schönen Abend zu zweit. Aus Erfahrung wusste ich, dass diese Art von Dinner-Dates, die ich im Laufe der Jahre perfektioniert hatte, bei Frauen in der Regel sehr gut ankamen.

Und wieder sollte ich eine neue Seite von Alice kennenlernen. Während andere Frauen an dieser Stelle gefragt hätten, ob sie irgendwo mithelfen könnten, machte sich Alice kurz in der Küche ein Bild über den Stand der Dinge, bevor sie sich im Wohnzimmer aufs Sofa setzte, um auf ihrem Handy herumzuspielen. „Ich hoffe, du lässt mich nicht zu lange warten, Diener", meinte sie neckisch. Auch wenn es witzig gemeint war, lachen konnte ich darüber nicht. Ihr Auftreten erschien mir einfach nur verwöhnt und selbstverliebt. Und mit etwas Groll im Magen briet ich die Wiener Schnitzel. Und der Gedanke tröstete mich etwas, dass, sollte der Abend in einer Katastrophe enden, ich wenigstens in den Genuss meines Lieblingsessens gekommen sein würde.

Das Essen war jedenfalls wirklich gut gelungen. Das musste selbst Alice zugeben. Und mit Rotwein schmeckte das Schnitzel gleich noch besser und auch mein selbstverliebter Gast war nach einigen Gläsern leichter zu ertragen. Und wahrscheinlich war das auch der Hauptgrund, warum ich ihren Monolog so lange ertragen konnte. Er drehte sich wieder einmal um ihre Abneigung gegen Beziehungen. „Erwartungen sind die Wurzel allen Übels, deshalb setze ich Erwartungen nur noch in mich selbst und nicht in andere Menschen." Und als sie das sagte, hatte ich ehrlich gesagt etwas Mitleid mit ihr. So hart sie auch zu sein schien, sie musste im Leben wirklich schon sehr oft enttäuscht worden sein.

Weil ich das Essen doch noch zu einem guten Abschluss bringen wollte, musste ich das Gespräch auf ein Thema lenken, dass sie wieder etwas positiver stimmen würde. „Wie war das, als dein Sohn auf die Welt kam? Ich kann mir vorstellen, dass das ein überragendes Gefühl ist." Und zum ersten Mal an diesem Abend leuchteten ihre Augen auf und ihr Lachen schien nicht mehr so hämisch oder aufgesetzt wie zuvor. „Das war es. Und es war für mich der Beginn eines neuen Lebensabschnittes. Und auch die Schwangerschaft war eigentlich angenehm, da ich regelmäßig meine Übungen gemacht und auf die Ernährung geachtet habe. Übel war mir in dieser Zeit selten, aber natürlich ist die Geburt an sich dann schon ermüdend und anstrengend. Da bedarf es echt der Courage und Stärke."

Da hatte ich noch einmal die Kurve gekriegt. So schnell, wie ich konnte, räumte ich den Hauptgang ab und servierte Eis zum Nachtisch. Hilfe konnte ich dabei von ihr nicht erwarten, denn sie schien sich in der Rolle des umschwärmten Gastes zu wohl zu fühlen. Ich konnte zu diesem Zeitpunkt noch immer nicht abschätzen, wohin sich dieser Abend entwickeln würde. Zumindest kam sie mir inzwischen schon etwas entspannter vor und möglicherweise war ihr mein aufrichtiges Interesse an ihrem Sohn auch sympathisch.

„Lust auf einen Film?" Sie nickte bestimmt. Wir setzten uns auf das Bett in meinem Schlafzimmer. „Ich bin in der Stimmung für etwas Romantisches", sagte sie plötzlich, was mich ehrlich gesagt etwas überraschte. Und sie hatte auch einen konkreten Film im Kopf. „Hast du vielleicht ‚Für immer Adaline'?" Hatte ich zwar nicht, aber dank des Streamingprogrammes auf meinem Laptop konnte das Heimkino-Erlebnis in wenigen Minuten losgehen. Und so natürlich, als wären wir schon viele Male in derselben Situation gewesen, schmiegte sie sich an mich und zog die Steppdecke über uns.

In dieser kuscheligen Stellung schauten wir den Film und es hatte noch nicht einmal der Abspann begonnen, als wir uns in den Armen lagen und uns leidenschaftlich küssten. Mir war schnell bewusst, dass es nicht beim Küssen bleiben würde und ich ließ mich einfach darauf ein. Und unsere Körper funktionierten offenbar sehr gut miteinander und es machte Spaß, sie in erregtem Zustand zu erleben. Sie war einfühlsam, aber auch fordernd, geradezu gierig und die Nacht entwickelte sich im wahrsten Sinne des Wortes zu einem sportlichen Ereignis in Marathondimensionen.

Geredet wurde nur, wenn wir aus Erschöpfung eine Pause einlegen mussten, und um etwas zu trinken. „So etwas mache ich normal nicht", sagte sie, als sie nackt neben mir lag. „Was meinst du? Sex?", fragte ich leicht verwirrt, denn bei der Show, die sie gerade geboten hatte, war das sehr schwer vorstellbar. „Nein, ich meine Sex außerhalb von Beziehungen. Ich gehe nicht einfach so mit jemandem ins Bett. Ich bin nicht der Typ für ‚casual', führte sie ihre Erklärung aus. „Ist es das denn? Casual, meine ich?"

Für mich unterschied sich das, was passiert war, nämlich nicht gravierend von anderen Beziehungsanfängen. Wir lernten uns kennen, wir waren zusammen aus, wir kamen uns näher. Aber für Alice, die, wie ich wusste, mit Beziehungen gerade auf Kriegsfuß stand, war das natürlich anders. „Ich meine, du weißt, dass ich keinen Freund suche. Ich möchte mich nie wieder wie der Besitz eines anderen behandeln lassen." Ich nickte. „Aber du scheinst ein ehrlicher und anständiger Mann zu sein und ich muss zugeben, dass es mit dir sehr viel Spaß macht." Sie schmiegte sich an mich und küsste mich sanft auf die Brust. „Ich denke, ich werde dich etwas länger behalten."

Dagegen hatte ich grundsätzlich nichts einzuwenden, nur ein bisschen genauer wollte ich es doch wissen. „Und zu welchen Konditionen?" Sie schaute mir in die Augen. „Du darfst keine Erwartungen an diese Beziehung haben. Es ist etwas für die Zeit, in der wir in Abu Dhabi sind. Wir können zusammen etwas unternehmen, uns treffen, miteinander schlafen, aber wir sind nicht Freund und Freundin, okay? Glaubst du, das kriegen wir hin? Dieses casual thing?" Ich hatte mit dieser Art von Beziehung zwar keinerlei Erfahrung, aber ich fand, dass es einen Versuch wert sei. „Du meinst, wir gehen miteinander aus, aber wir sind kein offizielles Paar?" Sie nickte bestimmt.

„Okay, ich bin dabei. Aber nur unter zwei Bedingungen." Sie schaute mich fragend an. „Wenn ich das mache, dann möchte ich auch, dass du für mich da bist und mich unterstützt, wenn ich einmal ein Tief habe. Denn du weißt, von Zeit zu Zeit hat man Wüstenkoller und möchte alles einfach hinschmeißen." Sie lächelte. „Ja, das verstehe ich. Kein Thema. Und was noch?" Das Nächste war mir wirklich wichtig. „Wenn wir das machen, dann möchte ich, dass wir in dieser Zeit wirklich exklusiv sind und mit niemandem sonst Sex haben. Dabei geht es nicht nur um Respekt, sondern auch um den gesundheitlichen Aspekt."

Wir besiegelten den Deal mit einem leidenschaftlichen Kuss. Mir war bewusst, dass dieses Projekt eine Herausforderung werden würde. Denn ich war mir sicher, früher oder später würden bei einem von uns Gefühle ins Spiel kommen. Aber damit konnten wir uns ja befassen, wenn es so weit war. Und ich genoss jede weitere Minute, die wir in dieser Nacht und am nächsten Morgen im Bett und außerhalb davon verbrachten. Auch wenn sie am Morgen leichte Gewissensbisse hatte. „Was wird nur meine Mitbewohnerin dazu sagen, dass ich nicht nachhause gekommen bin?"

Und nachdem wir noch gemeinsam gefrühstückt hatten, lieferte ich sie mit dem Taxi zuhause ab. Die ganze Fahrt über hatte sie sich an mich gekuschelt, meine Hand gehalten und mir zärtlich den Oberschenkel gestreichelt. Bevor sie ausstieg, küsste sie mich noch einmal innig, lächelte mich an und flüsterte mir „Bis bald" ins Ohr. Ich schaute ihr nach, wie sie leichten Schrittes zu ihrem Wohnhaus spazierte. Das schwarze New-York-T-Shirt, das sie sich von mir ausgeliehen hatte, schaute wirklich süß an ihr aus. Bevor sie durch die Haustüre ging, drehte sie sich noch einmal um und schaute in meine Richtung. Ich konnte mir ein Lächeln nicht verkneifen.

Es dauerte nicht lange, bis ich die erste Textnachricht von ihr auf meinem Handydisplay aufleuchten sah.

Sie: „Keiner war zuhause. Puhhh."

Ich: „Da hast du noch einmal Glück gehabt."

Sie: „Ja. Und ich hatte eine tolle Zeit gestern. Vielen Dank fürs Kochen und alles andere."

Ich: „Hatte ich auch. Und ich war überrascht, wie nett du sein kannst."

Sie: „Ich denke schon gerne von mir, dass ich nett bin. Wenn ich möchte."

Ich: „Und ein Kuscheltiger bist du auch, wenn du willst."

Sie: „Das ist meine große Schwäche. Ich rieche übrigens immer noch nach dir. Oder ist es das Shirt?"

Ich: „Kommt vielleicht davon, dass wir gemeinsam geduscht haben."

Sie: „Haha, möglich. Ich hab meinen Freundinnen in Nonthaburi im WhatsApp-Gruppenchat von dir und unserem ‚Casual thing' geschrieben. Auf das Feedback bin ich schon gespannt."

Und ich war es ehrlich gesagt auch.

10 The Casual Thing

Es war ein komisches Gefühl, nach unserer gemeinsamen Nacht ins Büro zu kommen. Nicht, dass ich Angst gehabt hätte, ihr sofort über den Weg zu laufen, denn das Knowledge-Gebäude, in dem sie arbeitete, war gute fünf Gehminuten von mir entfernt. Aber ich fühlte mich gut, erfrischt und auch, wenn ich wusste, dass die ganze Geschichte wohl keine Perspektive hatte, tat es gut, das Gefühl zu haben, dass einem anderen Menschen etwas an mir lag.

„Was grinst du denn heute so die ganze Zeit?", meinte mein Kameramann Cristiano, als wir für eine Hollywoodproduktion, die von der Movie & TV City kofinanziert wurde, querfeldein in die Wüste unterwegs waren. „Junge, gib's zu, es ist eine neue Frau, oder?" Ich nickte. „Was Ernstes?", bohrte er nach. Ich zuckte mit den Schultern und erzählte ihm von meinem Arrangement mit Alice. „Aber irgendwie kommt mir das alles etwas komisch vor. Es hat die Merkmale einer Beziehung, aber ist keine."

Als Cristiano das hörte, musste er laut lachen. „Junge, es gibt heutzutage einfach keine einfachen Beziehungen mehr, weil niemand sich auf irgendwen festlegen und Verantwortung übernehmen will. Das ist normalerweise etwas, was wir Männer oft machen. Sie hat den Spieß halt einfach umgedreht." Damit hatte er im Grunde vollkommen recht. „Aber wie soll ich damit umgehen?", fragte ich ihn um Rat. Und ich konnte mir vorstellen, dass der 42-jährige Portugiese, der schon seit zehn Jahren in den

Emiraten unterwegs war und nebenbei seine eigene Kitesurf-Schule betrieb, sich schon öfter in vergleichbaren Situationen wiedergefunden hatte.

„Versuch, Spaß zu haben und denk nicht zu viel darüber nach. Und sobald es mühsam wird, ziehe einen Schlussstrich. Es hat keinen Sinn, Energie an etwas zu verschwenden, was keine Zukunft hat." Und er wusste, wovon er redete. Vor einigen Jahren war er mit einer Stewardess aus Bulgarien zusammengekommen und nach einigen Jahren dachte er sich, dass es wohl an der Zeit sei zu heiraten, um mehr Stabilität in ihre Beziehung zu bringen. Aber er hatte sich getäuscht, denn die Hochzeit brachte leider nicht die Zweisamkeit, die sich beide erhofft hatten, obwohl sie nun zusammenwohnen durften und ihre Ausgangssperren wegfielen. „Unsere Jobs und unsere zeitlichen Abläufe passten einfach nicht zusammen. Obwohl wir zusammenwohnten, sahen wir uns so gut wie nie." Und schweren Herzens beschlossen die beiden, dass eine Scheidung wohl das Beste wäre.

Mit einem hatte Cristiano sicher recht. Die Zeit der einfachen, unkomplizierten Beziehungen war endgültig vorbei. Man brauchte nur das Wort „Beziehung" zu googeln und kam auf bis zu 40 unterschiedliche Arten, wie ein Mann und eine Frau zueinander stehen konnten. Ein Schulfreund von mir, Paul, hatte mir erst vor Kurzem über Skype sein Herz ausgeschüttet, dass er gerade etwas mit einer Spanierin habe, die mit ihrem Freund in einer offenen Beziehung lebte. Na, das war erst eine kranke Geschichte gewesen. Am Ende hatten sich die drei regelmäßig am Anfang jeder Woche getroffen, um zu besprechen, wann wer Zeit mit wem verbringen konnte, wann Paul mit ihr schlafen durfte und wann ihr Freund.

Wenn man so etwas hörte, erschien der Weg der traditionellen Muslime plötzlich durchaus attraktiv. Ganz am Anfang meiner Zeit in Abu Dhabi hatte ich einmal ein längeres Gespräch mit Ammon, einem Regisseur aus Ägypten, geführt. Wir saßen in einem Café im Stadtzentrum, als eine bildhübsche junge Frau vorbeispazierte. „Was machst du, wenn dir diese Frau gefällt?", fragte ich ihn. „Naja, ich könnte hingehen und sie fragen, ob es okay ist, wenn sich meine Mutter bei ihrer Mutter meldet. Wenn sie etwas progressiver ist, dann gibt sie mir danach vielleicht sogar ihre Nummer und wir können uns schreiben." Weitaus üblicher sei aber ein anderer Weg. „Normalerweise gehen Mütter auf Hochzeiten und da sind normalerweise viele Freundinnen der Braut. Wenn ihnen eine gefällt, gehen sie auf sie zu, zeigen ihr ein Foto ihres Sohnes und fragen, ob sie Interesse habe zu heiraten." Das klang für mich damals irgendwie mehr nach einer geschäftlichen Transaktion.

„Aber was ist denn mit Liebe?" Ammon sah mich mit großen Augen an und schüttelte den Kopf. „Man heiratet nicht aus Liebe. Man heiratet aus Kameradschaft." Und als er das sagte, dachte ich mir, dass das Konzept eigentlich Sinn machte, denn schließlich wurden auch die Hälfte aller Ehen, die aus Liebe geschlossen wurden, geschieden. Wer weiß, vielleicht hatte der „arabische Weg" sogar eine größere Erfolgsaussicht.

Ich dachte genauer über die Nacht mit Alice nach. Im Endeffekt hatte ich ihr voll in die Karten gespielt. Auch aus dem Grund, dass es „It-Girls" wie sie sicher gerne sahen, wenn ihr großes Ego gestreichelt wurde. Deshalb hatte ich auch zu dem „casual thing" gemeint: „Im Endeffekt kommt es natürlich ganz auf dich an." Das hatte ihr natürlich gefallen und offensichtlich auch ihren Freundinnen aus Nonthaburi. „Darüber haben sie alle gelacht und sie meinten, es würde mein Ego füttern, wenn ich alle Fäden in der Hand habe. Aber unterm Strich waren alle darüber glücklich, dass ich in meinem Leben Spaß habe." Dieses Feedback beruhigte mich ein bisschen und im Grunde war es wohl dasselbe, was ich auch von meinen Freunden zu dem Thema gehört hatte. „Ich denke, wir können mit dem Ansatz gut leben. Er ist realistisch." Und sie stimmte mir zu. „Weil wir smart und awesome sind."

Ganz ließ sie das Thema an diesem Tag aber doch nicht los. Denn mit etwas Verzögerung hatte ihre Freundin und Mitbewohnerin sie dann doch noch zur Rede gestellt und über die Nacht mit mir verhört. Was folgte, war ein wirklich interessantes Telefonat, das wieder ein bisschen mehr von ihrem Charakter offenbarte.

Sie: „Meine beste Freundin möchte dich kennenlernen. Sie ist sauer, dass ich am Wochenende nicht nachhause gekommen bin."

Ich: „Wahrscheinlich ist sie einfach nur besorgt um dich. Das ist bei Freunden doch normal."

Sie: „Ja, ich weiß. Aber sie ist ziemlich konservativ."

Ich: „Es ist ja nicht so, dass wir was ganz Außergewöhnliches machen. Wir kleben halt kein Etikett drauf."

Sie: „Ich hab ihr gesagt, dass du ein anständiger, aufrichtiger Kerl bist und es keinen Grund gibt, sich um meine Sicherheit und Gesundheit zu sorgen. Sie hat gesagt, sie findet es entwürdigend, dass ich mit jemandem schlafe, ohne mit ihm in einer Beziehung zu sein. Ich habe ihr gesagt, dass mich das nicht einmal beleidigt. Das ist ihre Meinung und die Meinung anderer Leute über mich ist nicht meine Sache. Ich will mein Leben nicht damit verschwenden, andere Leute glücklich zu machen."

Ich: „Ich würde das auch nicht so eng sehen. Man muss nicht von jedem verstanden werden. Das ist doch dasselbe wie mit Eltern, die es auch immer gut mit einem meinen."

Sie: „Sie will einfach, dass ich so bin wie sie. Dass ich mich verliebe, eine anständige Beziehung habe und heirate. Ich bin niemand, der sich Hals über Kopf in jemanden verliebt. Sie andererseits hat ihren Mann nach drei Monaten geheiratet!"

Ich: „Wow, das ist wirklich schnell."

Sie: „Und klar, alle meine Freundinnen zuhause verloben sich, heiraten und bekommen Kinder. Und sie denken, mir fehlt etwas in meinem Leben, weil ich das nicht habe. Auf die Idee, dass ich das nicht will, kommen sie nicht. Und außerdem habe ich das Kind ja schon. Ich bin wohl einfach jemand, der Dinge nicht in der herkömmlichen Reihenfolge macht. Und außerdem höre ich die ganze Zeit von meinen Freundinnen, wie sie sich über ihre Partner beschweren. So toll kann die Ehe dann auch nicht sein."

Ich ersparte mir einen Kommentar dazu. Aber was ihr auch klar sein musste, war, dass jede Art von Beziehung auch Arbeit erfordert, sonst wird jeder Mensch zwangsweise unglücklich und irgendwann das Weite suchen. Das lag in der Natur der Sache und die Ehe ist meiner Meinung nach ein gegenseitiges Zugeständnis, dass man sich dessen auch bewusst und gewillt ist, den notwendigen Einsatz zu zeigen. Es ist wie im Sport. Mit Talent alleine kann man es nicht an die Weltspitze schaffen. Dazu ist vor allem harte Arbeit notwendig. In der Liebe und bei Beziehungen ist es nicht anders.

Es dauerte nicht lange, bis eine weitere Nachricht von Alice auf meinem Handydisplay erschien. „Schau mal, was mir eine Freundin geschickt hat." Es war ein Foto mit einem kurzen Regelwerk zu „Casual Dating", was natürlich perfekt zu unserer Situation passte.

CASUAL DATING

Let's be friends, just friends. I'm not ready for a relationship, but I expect you to do things with me that are considered inappropriate in terms of pure friendship. We're not together, you can't claim me, you can't be with anyone but me. I need you to be loyal, but I'll do what I want, and when you get mad, I'll just tell you we're not together. If you catch feelings, I'll be distant. You know what this is. I told you, I'm not ready for a relationship.

Ich las die Zeilen und dachte mir, wie sehr sie doch Angst haben musste, sich jemanden wirklich zu öffnen. Und ich hoffte ehrlich gesagt, dass die Grundsatzdiskussionen über unseren Beziehungsstatus damit beendet sein würden, denn sie fingen langsam an, mich zu nerven.

11 „Hi, Fremder"

Es war einer dieser kurzfristigen Aufträge gewesen, die für mich inzwischen schon zur Gewohnheit geworden waren. Vor einem Monat kam bei einer Besprechung die Idee auf, nach England zu fliegen, um dort für einen TV-Sender aus den Emiraten einen Beitrag über ein Investment aus dem Mittleren Osten zu drehen. Genau in diesem Wortlaut war das kommuniziert worden, und auch wenn keine Details verraten wurden, nahm ich an, dass es sich bei dem neuen Asset um einen Fußballklub handelte.

Wie es der Zufall wollte, fand ich sogar heraus, um welchen Klub es sich handelte. Es war ein Klub, der auf eine große Tradition zurückblicken konnte, aber in den letzten Jahren so heruntergewirtschaftet worden war, dass er nur noch in der fünften Spielklasse zu finden war und seitdem um die Rückkehr ins Profigeschäft kämpfte. Der Grund, warum ich vom bevorstehenden Engagement aus dem Mittleren Osten wusste, war, weil ein Freund von mir dort im Mittelfeld spielte. Es ist schon eine kleine Welt.

Nach ein paar Jahren in Österreich und der zweiten deutschen Liga war Armin mehr aus kulturellem Interesse denn aus sportlicher Perspektive in die zweite englische Division gewechselt und hatte sich mit zunehmendem Alter in die fünfte Liga hinuntergedient. Viele hätten vor dem Gang in die Versenkung im englischen Nirgendwo wohl die Flucht nach Hause gewählt, aber er fühlte sich in England einfach zu heimisch. „Super Land, super Stadt, super Leute. Was will ich mehr?", war seine Standardfloskel, wenn man ihn fragte, ob er nicht manchmal Heimweh hatte.

Kennengelernt hatten wir uns, als ich in London an der Royal Film Academy ein einjähriges Master-Programm in „Directing" absolvierte und er währenddessen für einen lokalen Klub in der zweiten englischen Liga kickte. Ich denke, wir waren beide froh, dass wir uns über den Weg gelaufen waren, denn wir stammten aus der selben Stadt und waren neu in London. Und was bei Armin noch dazu kam, war, dass er sich – völlig unbemerkt in der Heimat – zu einer großen Nummer im englischen Fußball mauserte. Sicher, ihm war klar, dass es nicht für die Premier League reichen würde, aber in der zweiten Liga kam seine raue und harte Spielweise, für die er früher oft gelbe und rote Karten kassiert hatte, gut an.

„Irgendwann findet jeder Topf seinen Deckel", grinste er, wenn man ihn darauf ansprach, und sein österreichischer „Schmäh" kam auch bei meiner Studienkollegin Jasmin gut an. Ich musste kein Prophet sein, um vorauszusagen, dass da was laufen würde und nicht viel später kam es dann auch so. „Aber ich habe ihr auch klar gesagt, dass meine Karriere Vorrang hat. Wir können eine schöne Zeit haben, solange wir beide am selben Ort sind, aber sie muss sich klar darüber sein dass diese Beziehung örtlich begrenzt ist", hatte mir Armin erzählt und ich verstand seinen Standpunkt. Als Fußballprofi hatte man schließlich nur eine begrenzte Anzahl an Jahren zur Verfügung, um seinem Beruf auszuüben.

Natürlich sah das Jasmin anders und hoffte, dass daraus mehr werden würde. Des Öfteren heulte sie sich bei mir aus, weil das von ihr Erhoffte nicht eintreffen wollte, und als Armin ein Angebot aus Nordengland vorliegen hatte, brach für sie eine Welt zusammen. „Aber er hat dir doch von vornherein gesagt, woran du bist", brach ich eine Lanze für meinen Kumpel. „Ja, aber ich habe nie geglaubt, dass jemand mal einen Job mir vorziehen würde." Ihr Problem war leider auch, dass sie vom Fußballgeschäft keine Ahnung hatte oder von den Summen, die dort im Umlauf waren. Vielleicht hätte sie seine Entscheidung sonst etwas besser verstanden.

Jedenfalls kam dann, wie gesagt, plötzlich der Auftrag, zu besagtem Klub zu fliegen, um eine Reportage zu drehen, und aufgrund der kurzen Vorlaufzeit und den damit verbundenen Visaproblemen mussten Mitarbeiter aus Europa damit beauftragt werden, wodurch die Wahl auf Cristiano und mich fiel. „Hast du eine Ahnung, wie wir das so schnell organisieren sollen?", ärgerte sich Cristiano, der Sorge hatte, ob das richtige Kameramaterial zur Verfügung stand. „Kein Stress, ich kenn da wen." Und anstatt alle offiziellen Wege zu beschreiten, rief ich Armin an und eine Stunde später stand dank seiner Hilfe und dem Einschalten des Medienverantwortlichen der komplette Drehplan.

Als ich Alice von dem kurzfristigen Businesstrip erzählte, war sie ehrlich überrascht und sogar ein wenig verärgert. „Dass man hier alles nach dem Prinzip ‚Last Minute' macht, leuchtet mir einfach nicht ein." Noch überraschter war ich aber, als sie abends plötzlich ohne Ankündigung vor meiner Türe stand. „Du, ich muss um elf Uhr zum Flughafen", merkte ich an. „Dann müssen wir halt schneller machen als sonst", flüsterte sie und fiel in der Eingangstüre über mich her. Es war wirklich knapp mit dem Flughafentransfer. Selbst im Taxi hatte sie mich begleitet und während der Fahrt meine Hand gehalten. Und irgendwie kam mir das Ganze von ihrer Seite nicht mehr so locker vor, wie wir das eigentlich vereinbart hatten.

Als ich bei Terminal A aus dem Taxi stieg, sah ich Cristiano schon aus der Entfernung und er deutete ungeduldig auf seine Uhr. Ich nahm schnell meinen Koffer und wollte mich auf den Weg machen, als ich ein „Und Abschiedskuss bekomme ich keinen, oder was?" von der Rückbank des Taxis hörte. So beugte ich mich schnell noch einmal ins Auto und gab ihr einen letzten Kuss mit auf den Weg. Als ich endlich bei Cristiano war, schüttelte er nur den Kopf. „Ihr beide wisst nicht wirklich, was casual bedeutet, oder? Madre mia!"

Dass sich Cristiano in dieser Hinsicht besser auskannte, konnte ich in London feststellen denn es dauerte nicht lange, bis ich herausgefunden hatte, warum ihm einige Kollegen in der Movie & TV City den Spitznamen „Mister T" verpasst hatten. Das hatte wirklich rein gar nichts mit dem Charakter aus der 80er-Jahre-Serie „The A-Team" zu tun, sondern mit seinem Erfolg bei der Dating-App Tinder. Während ich die zwei freien Abende nutzte, um mit Freunden wie Armin Zeit zu verbringen, war er mit seinen Tinder-Bekanntschaften unterwegs und, sagen wir es so, er schlief keine der beiden Nächte allein.

Beim Frühstück saß er dann immer mit einem riesengroßen Grinsen im Gesicht. „Du musst mich verstehen. Nach dem ganzen Scheidungsstress tut mir so etwas wirklich gut", versuchte er sich zu erklären, aber er war mir oder sonst jemandem ja im Grunde keine Erklärung schuldig, was ich ihm auch klarmachte. „Viele machen den Fehler, entweder in der Vergangenheit oder der Zukunft zu leben. Worauf es wirklich ankommt, ist aber das Hier und Jetzt. Alles andere können wir ohnehin nicht beeinflussen", sagte ich ihm und er nickte zustimmend. „Schön gesagt und ich hoffe, du nimmst dir das auch selbst zu Herzen." Ich hatte es zumindest vor.

Natürlich hatten wir bei unserer Rückankunft in Abu Dhabi Stress pur. Wir landeten um acht Uhr morgens und mussten direkt in die Movie & TV City, da das Material vom zuständigen Regisseur gesichtet und vom Cutter umgehend weiterbearbeitet werden musste. Vom Flughafen ging es also ins Büro und pünktlich lieferten wir das Material an der verlangten Stelle ab. „Scheiß drauf, ich geh jetzt nachhause und hau mich ein paar Stunden aufs Ohr", meine Cristiano leicht säuerlich, was auch damit zusammenhängen mochte, dass der Flug vier Stunden Verspätung gehabt hatte.

„Bist du nachher beim Abendessen dabei? Chef Rizzoli ist im ‚La Spiaggia' wieder zurück aus dem Urlaub, das dürfen wir eigentlich nicht verpassen", meinte Cristiano. „Nur, wenn du mit deinen Tinder-Dates nicht zu beschäftigt bist", lautete meine Antwort und der Portugiese lachte laut auf und setzte seine schwarze Sonnenbrille auf. „Junge, glaubst du wirklich, dass ich das hier nötig habe?" Und er ließ den Motor seines 964er-Porsches laut aufheulen und weg war er.

Ich war inzwischen wirklich müde, aber ich wusste, dass die Human Ressource-Abteilung gerade auf „Aktion scharf" machte und stichprobenmäßig kontrollierte, ob die Mitarbeiter die Kern-Bürozeiten einhielten. Etwas, was in unserer Branche komplett fehl am Platz ist, denn im Grunde wird gearbeitet, wenn es etwas zu tun gibt, egal, ob in der Nacht oder am Wochenende. Aber es würde wohl noch etwas dauern, bis man sich hier vom Beamtentum verabschieden und eine modernere Arbeitsauffassung entwickeln würde.

Leicht verschlafen betrat ich meine Abteilung, und als mein Blick auf den Besprechungstisch vor mir fiel, war ich plötzlich hellwach. Denn es fand offensichtlich gerade eine Besprechung zwischen meinem Manager und der CSR-Abteilung statt. Und zu der gehörten die Hauptverantwortliche Bernadine und eben ihre rechte Hand Alice. Ich hielt kurz inne und stammelte überrascht „Hallo", bevor ich zu meinen Platz ging. Mein Chef begrüßte mich mit einem flüchtigen Nicken.

Ich versuchte, mich so gut wie möglich hinter meinem Laptop zu verstecken. Und auch Alice blieb auf die Besprechung fokussiert. Schließlich wollten wir bei der Arbeit den Schein waren. Das verlieh der gesamten Sache meiner Meinung nach noch zusätzliche Brisanz. Erst als das Meeting vorbei war und Alice den Raum verließ, kam doch ein kurzes Zwinkern in meine Richtung und ich musste grinsen.

Und wenig später hatte ich ein vielsagendes „Hi, Fremder" von ihr auf meinem Handy. „Lust auf Abendessen?" Und schweren Herzens entschied ich mich, meinem Kumpel Cristiano und Chefkoch Rizzoli einen Korb zu geben. Allerdings fand ich später heraus, dass mein portugiesischer Kollege den Rest des Tages ohnehin im Bett verbracht hatte. Im Unterschied zu London allerdings alleine.

12 Miss Workaholic

Auch wenn Alice zeitweise wie eine ganz normale Freundin wirkte, gab es Dinge, die sie sich einfach nicht eingestehen wollte oder konnte. Oft hatte ich den Eindruck, dass nach einem Schritt nach vorn wieder zwei Schritte zurück folgten. Sie war einfach der felsenfesten Überzeugung, dass sie alles alleine meistern musste und sie wollte von diesem Standpunkt nicht abrücken. Zumindest offiziell konnte sie nichts anderes mit ihrem Ego vereinbaren. Die Indizien, dass es in Wirklichkeit nicht ganz so war war, waren für mich aber unübersehbar.

Jeden Tag stand sie um fünf Uhr auf, spätestens um sieben saß sie im Büro an ihrem Schreibtisch, früher als die meisten ihrer Kollegen und sie blieb normalerweise immer länger als bis zum regulären Büroschluss um 16 Uhr. Manchmal sogar bis spät in die Nacht und das alles ohne Mittagspause. Und als ob das noch nicht genug wäre, hatte sie auch noch ein paar einheimische Kinder, denen sie nach der Arbeit Englisch-Nachhilfe gab. Das alles musste gut bezahlt sein, sonst würde sie sich das wohl kaum antun, aber war es das unterm Strich wert?

„Diese Firma bringt mich noch um", waren die Nachrichten, die sie mir während der Arbeit schickte. „Es gibt eine Million und eine Sache zu tun und jede Stunde kommt mehr dazu. Ich weiß echt nicht, was ich tun soll." Wenn das kein Hilferuf war, dann wusste ich es auch nicht. Auch wenn sie es nie zugeben würde, das Pensum ihres Jobs, verbunden mit ihren hohen Anforderungen an sich selbst, taten ihr gar nicht gut und die aufgestaute Wut musste sie daher manchmal rauslassen.

Dass ich manchmal den Blitzableiter spielen musste, war mir vom Anfang an klar. Und dass sie bei der Arbeit zu allen so süß wie Zucker war und hinterher beim Essen mit mir meistens ein Gesicht zog, als würde sie gleich zum Attentäter mutieren, war für mich auch bald nichts Neues mehr. „Ich liebe meinen Job, aber es ist verrückt hier. Ich habe das Gefühl, dass die Hälfte der Leute dumm ist und die andere Hälfte arrogant. Die einen arbeiten sich zu Tode, während die anderen Däumchen drehen."

Ich verstand ihre Frustration völlig und was bei ihr erschwerend hinzukam, war ihre Herkunft. Im Mittleren Osten wurde nämlich nicht jeder Job gleich bezahlt. Es kam dabei auch nicht auf die Ausbildung an, sondern wirklich darauf, woher man stammte. Als Europäer war ich bei den Gehältern relativ hoch angesiedelt, aber wenn man wie Alice aus Thailand kam, dann war man in dieser Hinsicht nicht gerade auf Rosen gebettet und das erklärte auch, warum sie mit einer Familie in einem nicht gerade sicheren Viertel der Stadt zusammenwohnte.

Ihre Arbeit war ihre oberste Priorität und, glaubte man ihren Erzählungen, dann war das immer schon so gewesen. Zumindest erweckte es den Anschein, als wäre Erfolg im Job das, worüber sie sich definierte. Das war bereits in ihrer Heimat so gewesen. Kurz nachdem Enzo auf auf die Welt gekommen war, hatte sie in einer Telekommunikationsfirma zu arbeiten begonnen und durch ihren Einsatz, aber auch aufgrund ihres Talents, sich gut zu verkaufen und sich gut auszudrücken, was zweifellos aus ihrer Zeit als Schönheitskönigin hängengeblieben war, arbeitete sie sich immer weiter in der Hierarchie nach oben.

Allerdings brachte das auch ein Problem mit sich. Sie war ein Protegé ihres ersten Bosses, der sie bei jedem Abteilungswechsel mitnehmen wollte. „Und ich habe das gemacht, weil wir uns einfach super verstanden haben, nur waren die Jobs teilweise dann gar nicht mehr das, was mich interessierte." Und dazu kam noch ein Umzug in die Metropole Bangkok, was dazu führte, dass sie ihren Sohn bestenfalls am Wochenende sah. Nach acht Jahren sah sie für sich kein Entwicklungspotenzial mehr und nach einem Skype-Interview mit Bernadine stand für sie fest, dass sie in die Movie & TV City nach Abu Dhabi kommen würde, um beim Aufbau der CSR-Abteilung mitzuarbeiten.

„Sieh es positiv, du hast wenigstens einen Job, der einen sozialen Hintergrund hat und mit dem du für Menschen etwas Gutes tun kannst. Wer kann das schon behaupten? Schau dir zum Beispiel meinen Job an. Wir gaukeln den Menschen eine Scheinwelt vor, die besser ist als in Wirklichkeit", versuchte ich von Zeit zu Zeit, sie aufzubauen, und obwohl ich meinen Job meistens liebte, musste ich zugeben, dass ich manchmal sogar ein bisschen eifersüchtig auf sie war. Mit dem, was sie tat, konnte sie viel Positives für das Image der Firma kreieren, wohingegen meine Tätigkeit im Grunde nur Geld hereinspülte.

Nur wusste Alice eben nicht, wann es für sie genug war. So kam es manchmal vor, dass sie den ganzen Tag nichts aß und dann zuhause erschöpft zusammenbrach. Ich machte mir ehrlich gesagt Sorgen um sie. Denn von ehemaligen Kolleginnen aus der TV-Branche wusste ich, dass man die Gefahr, an einer Essstörung zu erkranken, häufig unterschätzte. Und genau bei solchen Themen stieß ich immer wieder an die Grenzen unserer Beziehung. Denn wenn ich ihr sagen würde, wie schlecht ich das fand, was sie tat, konnte sie natürlich einfach mit dem Satz daherkommen: „Wir sind nicht in einer Beziehung und darum muss ich mir das auch nicht anhören", was die Sache schwieriger machte.

Trotzdem war ich ab und zu der besorgte Freund, der sie bitten musste, mehr auf sich zu achten und sich von Zeit zu Zeit auch einmal eine Pause zu gönnen. „Tut mir leid, aber ich bin einfach besessen von meiner Arbeit. Selbst wenn ich mir vornehme, dass ich pünktlich zu Dienstschluss nachhause gehe, bleibe ich entweder länger oder nehme Arbeit mit." Und wenn ich sie fragte, ob sie sich nicht selber versprechen könnte, morgen wirklich einmal die Arbeit ab 16 Uhr ruhen zu lassen und sich auf ihre Freizeit zu konzentrieren, hatte sie natürlich auch eine Antwort parat. „Ich kann mir nichts versprechen, weil ich grundsätzlich keine Versprechen gebe, denn dann kann ich auch keine brechen." Wieder einmal stand Alice ihr eigenes Ego im Weg.

Und das machte mir Angst, denn ich wusste auch aus eigener Erfahrung, wohin das führen konnte. Ich hatte auch 24/7-Jobs gehabt, um in meiner Karriere weiterzukommen, das gehörte einfach dazu. Aber ich wusste immer, wann es an der Zeit war, eine Veränderung vorzunehmen, und ich war froh, dass ich in dieser Hinsichtmeinem Instinkt hatte vertrauen können. Oder besser gesagt, meinem Gewissen, denn meistens war die Entscheidung zu kündigen nicht aufgrund der zu hohen Belastung gefallen, sondern weil sich die Philosophie des Unternehmens nicht mehr mit der eigenen vereinbaren ließ.

Das war nämlich gerade das Gefährliche. Etwas zu tun, was einen dazu brachte, morgens nicht mehr in den Spiegel schauen zu können. Ein Paraderezept für eine Depression. Diese Gefahr sah ich bei Alice noch nicht, das Risiko eines Burn-outs aber schon. Und sie erinnerte mich stark an meinen amerikanischen Freund Steve, der sich das Ziel gesetzt hatte, der bekannteste Künstler-Agent in den USA zu werden. So fing er bei einer großen Agentur an, sich hochzuarbeiten und bei jeder Aufgabe war er der erste, der ja sagte.

Er dachte, dass ihn dieser Einsatz weiter nach oben bringen würde, aber da hatte er sich getäuscht. Im Endeffekt hatte er so viel Verantwortung an sich gerissen, dass es unmöglich war, ihn zu befördern. „Würden wir das tun, müssten wir zwei Leute einstellen, die deine jetzigen Aufgaben übernehmen", hatte ihm sein Manager einmal gesagt und nach einiger Zeit schmiss Steve die Stelle hin und beteuerte, nie wieder im Showgeschäft zu arbeiten.

Ein paar Monate später bekam ich eine Nachricht von Steve. Seine E-Mail-Signatur zierte das Logo einer neuen Agentur. Dieses Spielchen wiederholte sich viermal und jedes Mal lief es auf dasselbe hinaus. Nur, dass beim letzten Mal auch ein privates Ende dazu kam. Seine Verlobte hatte nämlich von seinem Karrierestreben genug und ließ ihn wenige Wochen vor der geplanten Hochzeit mit den Worten „Ich glaube, ich verpasse etwas" im Regen stehen. Was folgte, war der komplette Zusammenbruch.

Steve wurde ein halbes Jahr in den Krankenstand geschickt. Diagnose: Burn-out.

Dieses Mal hatte er die Message aber verstanden. Er zog von der West Coast an die East Coast, machte eine Weltreise, versuchte herauszufinden, was ihm guttat. So fing er an, sich für soziale Projekte in Südamerika zu engagieren, und dort lernte er letztendlich seine spätere Frau Richelle kennen. Erst kürzlich hatte er mir ein Foto ihres neugeborenen Sohnes auf Instagram gepostet. Mit dem Hashtag #GlücklichWieNieZuvor.

Was Alice brauchte, war ein Ausgleich. Sie ging ab und zu laufen, nur vergaß sie, wie gesagt, oft, etwas zu essen und in Verbindung mit dem Stress in der Arbeit war das natürlich ein gefährlicher Cocktail. Eines Tages wurde es mir echt zu bunt. Wieder kamen im Minutentakt Nachrichten, wie hungrig sie doch sei und dass sie die Arbeit fertigmachen würde. Ich bin von Haus aus ein Problemlöser, also überlegte ich nicht lange, fuhr in die nächste Mall und besorgte ihr einen Chicken Caesar Salad, packte ein paar Packungen Studentenfutter dazu und gab es am Empfang ihres Gebäudes für sie ab.

Natürlich durfte ich nicht zu viel von ihr erwarten. Wie es der Zufall wollte, hatte nämlich ihre Chefin auch Hunger gehabt, und so hatten sie sich den Salat geteilt. Und die Nüsse und getrockneten Früchte auch. Denn in ihrer Prioritätenliste kam ihre Vorgesetzte fast im selben Atemzug mit ihrem Job. War diese krank, ging sie für sie einkaufen und ich erinnere mich auch daran, dass sie mich einmal verzweifelt anrief, weil sie für ihre Chefin eine Kfz-Werkstatt suchte. Als ich sie fragte, ob sie es nicht manchmal leid sei, den Laufburschen für Bernadine zu spielen, reagierte sie verärgert. „Das bin ich auf keinen Fall. Das mache ich doch als ihre Freundin." Und ich dachte mir, dass das sehr gut zu ihr und der Rolle, die sie bei der Arbeit allen vorspielte, passte.

13 Bettgeflüster

Es hatte nicht lange gedauert, bis sich zwischen Alice und mir eine gewisse Routine entwickelt hatte. Unter der Woche gingen wir, so wir Zeit dazu fanden, nach der Arbeit miteinander essen, ins Kino oder Schaufensterbummeln in einem der zahlreichen Einkaufszentren, die über die ganze Stadt verstreut waren. Für Dinge wie Tennisspielen oder andere Aktivitäten musste der freie Freitag oder Samstag herhalten, denn unter der Woche fehlte ihr dazu meistens die Energie.

Nur, wenn sie direkt nach der Arbeit laufen ging, konnte es sein, dass sie kurz darauf vor meiner Haustüre stand. „Du hast Glück, dass mich Laufen so was von geil macht", flüsterte sie mir dann als Begrüßung ins Ohr und fiel im wahrsten Sinne des Wortes über mich her. Ich schätzte die Zeit, die wir miteinander im Bett verbrachten, aber nicht nur wegen dem Sex und der beidseitigen Entspannung, sondern es war auch der Moment, in dem sie sich ganz fallen ließ und ich mich am besten mit ihr unterhalten konnte. Vielleicht auch deshalb, weil sie sich in meinen Armen sicher fühlte und nicht, wie sonst, den Zwang verspürte, die harte, übermäßig selbstbewusste Alice zu mimen.

Da war sie aufmerksam und ließ auch mal mich in den Mittelpunkt rücken. So erzählte ich ihr, dass ich darüber nachdachte, mich intern für eine andere Stelle zu bewerben. Sie war im strategischen Bereich angesiedelt und so sehr ich „Field Work" auch mochte, hatte ich doch immer mehr das Gefühl, dass diese auch jüngere Kollegen mit weitaus weniger Erfahrung machen konnten. Scherzhaft hatte ich Alice oft gesagt, dass ich jetzt das machte, was früher meine Praktikanten übernommen hatten. „Aber ich denke, das ist bei vielen hier so", sagte ich. „Sie machen von der Verantwortung einen Schritt zurück, um finanziell einen gewaltigen Schritt nach vorne zu kommen."

Sie nickte und meinte, ich solle mich doch um die Stelle bemühen. Und wenn sich nichts daraus ergebe, solle ich eben einfach meinen derzeitigen Job weitermachen, bis sich die nächste Chance auftue. „Meinetwegen hat vor einiger Zeit auch eine andere Abteilung bei meiner Chefin angefragt", erzählte sie mir. „Es wäre sogar eine höhere Position mit besserer Bezahlung gewesen, aber Bernadine hat sofort abgewinkt. Ich bin auch froh darüber, denn ich habe das Gefühl, dass ich von ihr noch sehr viel lernen kann." Gerade dieses Gefühl fehlte mir bei meinem Job im Moment leider völlig. Statt etwas zu lernen, trat ich auf der Stelle und das verursachte von Zeit zu Zeit Depressionen. Aus diesem Grund war ich sehr froh, dass mich Alice ab und zu auf andere Gedanken brachte.

So erzählte sie mir auch davon, dass sie mit zwei Freundinnen gerade dabei war, in ihrer Heimat eine Firma aufzubauen, um in der Fashionindustrie groß durchzustarten. Der Plan war, Produkte billig aus Indien zu importieren und sie dann gewinnbringend weiterzuverkaufen. Sie waren sogar schon vor Ort gewesen und hatten Vorgespräche mit potenziellen Geschäftspartnern geführt. „Eigentlich sollten wir schon viel weiter sein. Aber meine Freundin Dang hat leider einen ziemlichen Bock geschossen. Sie hätte eigentlich letzte Woche alle Verträge abschließen sollen, hat aber vergessen, die neuen Visabestimmungen zu checken." Sie schüttelte den Kopf. „Sie hätte sich nur online registrieren müssen. Das dauert fünf Minuten, aber sie hat es nicht gemacht und so wurde sie am Flughafen von Neu Delhi postwendend zurückgeschickt." Und die vereinbarten Termine und Deals platzten wie eine Seifenblase. „Wenn man nicht alles selber macht", seufzte sie und streichelte mir über die Brust.

Sie hatte aber noch eine andere Karriereoption in petto. „Ich habe daran gedacht, irgendwann mal ein Altersheim für Singles aufzumachen. Ich zum Beispiel kann mir nicht vorstellen, dass mich ein Mann auf Dauer aushält und ich gehe nicht davon aus, dass ich im Alter glücklich verheiratet bin." Sie grinste mich an. „Da bin ich vermutlich nicht die einzige. Eine Freundin hat mir schon zugesagt, dass sie ein Zimmer nehmen wird. Du darfst auch gerne reservieren." Das traf mich, denn es war wirklich eine meiner größten Ängste, im Alter allein zu sein. „Glaubst du etwa, dass ich immer allein sein werde?", fragte ich entsetzt und drehte mich demonstrativ weg. Sie lachte und küsste mich auf den Hinterkopf. „Du darfst nicht alles, was ich sage, so ernst nehmen."

Sie war aber auch daran interessiert, wie ich zum Thema Familie stand. „Wenn du es dir aussuchen könntest, wie viele Kinder hättest du denn gerne?" Ich musste nicht lange nachdenken, denn seit ich die 30 überschritten hatte, hatte ich das Thema irgendwo im Hinterkopf, auch weil sich schon viele meiner Freunde über Nachwuchs freuen durften. „Ein bis zwei wären super, am besten ein Mädchen und ein Junge." Sie schüttelte den Kopf. „Also für mich ist das Thema erledigt. Ich habe das einmal durchgemacht, noch einmal könnte ich das nicht."

Ich fragte mich, ob sie das allgemein sagte oder mir damit zu verstehen gab, dass sie keine Kinder mehr wollte, egal wohin sich unsere Beziehung entwickeln würde. Aber sie legte schnell etwas nach, was ihren klaren Standpunkt in puncto Familie verdeutlichte: „Ich kann mir sowieso nicht vorstellen, ein Kind und einen Ehemann mit meinem Job unter die Haube zu bringen. Das würde mich verrückt machen." Ich meinte, dass sich ja auch der Mann um das Kind kümmern könnte. „Nein, die können das nicht. Zumindest nicht so gut wie Frauen", sagte sie bestimmt.

In meiner Heimat sei das aber bei den meisten Familien so, erklärte ich ihr. Beide Elternteile würden arbeiten und die Kinder gingen parallel zuerst in den Kindergarten und dann in die Schule. Irgendwie musste man sich halt organisieren. In Alices Kulturkreis war das offensichtlich anders. „Das ist bewundernswert. Bei uns zuhause engagieren wir Maids und Nannys, die sich um die Kinder kümmern. Auch meine Mutter hat eine Hilfe für Enzo." Ich erklärte ihr, dass das etwas sei, was sich in Europa nur die wenigsten leisten könnten und deshalb der Mann oder die Frau am Anfang bei dem Kind zuhause bleiben müsse.

„Ich könnte nie nur eine Hausfrau sein, das wäre mir zu langweilig. Dafür ist mir meine Karriere zu wichtig", meinte Alice dazu und ich nickte. „Ich glaube nicht", sagte ich, „dass es gut ginge, wenn ich eine Frau hätte, die den ganzen Tag zuhause ist. Über was sollte ich mir ihr reden? Über die Wäsche?" Das entlockte ihr ein Schmunzeln. „Man muss keine Karrierefrau sein, um eine interessante Unterhaltung führen zu können." Aber ich wusste, was mir bei einer Frau fürs Leben wichtig war. „Ich brauche jemanden, der mich motiviert und Frauen mit eigenen Karrieren tun das. Leider haben sie oft sehr große Egos und ich bleibe dabei auf der Strecke. Es ist zum Teil aber auch meine Schuld. Ich will, dass Leute um mich herum glücklich und in dem, was sie tun, erfolgreich sind. Ich unterstütze sie dabei, auch wenn ich manchmal nicht wirklich viel zurückbekomme."

Ich war mir nicht sicher, ob sie verstand, dass auch sie zu dieser Gruppe zählte. Ihre Antwort war für mich aber keine große Überraschung. „So bist du halt, aber du musst eine Grenze ziehen. Erwarte keine Gegenleistung. Wenn du nicht so behandelt wirst, wie du es verdienst, dann passt es einfach nicht." Und so wandte sie sich wieder einer ihrer Lieblingsbeschäftigungen zu. Sie zeigte mir auf ihrem Handy Fotos von Enzo. Auf vielen waren sie zu zweit abgebildet und manchmal erinnerten mich die gestellten Fotos an Promotion-Bilder von Promis, die mit Waisenkindern in die Kamera lächeln.

Gerade zweimal im Jahr konnte sie Enzo und ihre Familie besuchen. Ansonsten wurde regelmäßig über Skype kommuniziert. „Versteht er, warum du nicht so oft bei ihm sein kannst?", fragte ich sie einmal. Sie nickte und wirkte dabei traurig. „Das letzte Mal, als ich zuhause war, hörte ich ihn zu seinen Freunden sagen, wie reich und extravagant seine Mutter sei." Ihm war nämlich aufgefallen, dass sie, wenn Alice da war, immer nur in die besten Restaurants der Stadt gingen und viel Zeit mit Einkäufen verbrachten. „Da musste ich ihm dann erklären, dass das nur möglich ist, weil seine Mutter weit weg arbeitet."

Bei einem Halloween-Foto von Enzo musste sie laut auflachen. Er war als Kürbis verkleidet und präsentierte freudig seinen Eimer voll gesammelter Süßigkeiten. „Glaub aber nicht, dass er die alle alleine isst. Er gibt die Hälfte immer an Kinder in Waisenhäusern weiter. Seine soziale Ader ist mir sehr wichtig", sagte die stolze Mutter, die ihrem Sohn in dieser Hinsicht mit gutem Beispiel voranging. Nicht nur, weil sie aufgrund ihres Jobs in sozialen Projekten engagiert war, sondern auch, weil sie selbst von Zeit zu Zeit Geldsammlungen organisierte, um in der Weihnachtszeit Familien von Fahrern oder Tea Boys in der Movie & TV City zu unterstützen. „Denn wie wenig die verdienen, erschreckt mich jedes Mal aufs Neue."

Suchte man so etwas wie Romantik in unserer Übereinkunft, fand man sie vor allem in den Taxifahrten zu ihrer Wohnung. Da kam jedes Mal ihre kuschelige Seite zum Vorschein und meine Schulter wurde ihr Polster. An manchen Abenden war sie so müde, dass sie in meinen Armen einschlief und ich sie durch leichtes Anstupsen wieder aufwecken musste. Sie schaute mich dann oft leicht erschrocken an, bevor ihr ins Gedächtnis schoss, dass sie gar nicht zuhause war. Ein schneller Abschiedskuss, ein „Wir sehen uns, Darling" und weg war sie.

14 Sick days

Es begann alles mit einem harmlosen Kratzen im Hals, das ich am Donnerstag um die Mittagszeit verspürte. Anfangs konnte ich es nicht einordnen, denn ansonsten fühlte ich mich ganz gut, hatte am Morgen vor der Arbeit auch eine ordentliche Gym-Session eingelegt, nach der auch Imre zufrieden genickt hatte. Aber vielleicht hatte ich mir ja beim Trainieren mit den Gewichten den Hals verrenkt. Oder war es doch der Anfang einer Erkältung?

Ich wollte jedenfalls kein Risiko eingehen. Vor allem im Hinblick darauf, dass am nächsten Tag Alice vorbeikommen und das wahrscheinlich die letzte Chance sein würde, sie in den nächsten zwei Wochen zu sehen, da sie mit ihrer Freundin Sabrina ein verlängertes Wochenende in Bahrain und das darauf folgende Sabrina bei Alice in Abu Dhabi verbringen würde. Also schaute ich in der Mittagspause schnell in der Apotheke der Movie & TV City vorbei, um mir etwas gegen Erkältung zu holen. Schaden konnte es ja nicht und ich hatte hier schon einige Grippeepidemien mitgemacht und wusste aus Erfahrung, dass sich so etwas lange hinziehen konnte, wenn man nicht rechtzeitig anfing, die Viren zu bekämpfen.

Als ich am nächsten Tag aufwachte, ging es mir hundeelend. Das Bett war nass geschwitzt und der Hals sogar noch steifer und kratziger als am Vortag. Ich hatte kein gutes Gefühl und griff in die Nachttischschublade nach dem Fieberthermometer. Meine Befürchtungen bestätigten sich, als es piepste und auf dem

Display 37,8 aufleuchtete. „Fuck!", fluchte ich und schüttelte den Kopf. Da hatte ich mich seit Tagen gefreut, Alice wiederzusehen – und dann so etwas! Aber ich wusste, dass ich nichts riskieren durfte und sie auch bitterböse wäre, wenn ich sie vor ihrem Bahrain-Trip ansteckte. „Kein Problem, ich bin heute auch nicht so gut drauf", lautete ihr kurzer Kommentar zu meiner Krankmeldung. Ich wollte die Erkältung auch nicht schwerwiegender machen, als sie war und als wehleidig dastehen. Alice fragte auch nicht genauer nach.

Also blieb ich im Bett liegen, trank einen Tee nach dem anderen, schmierte meinen Hals mit kühlenden Cremes ein, nahm ein paar fiebersenkende Mittel ein und platzierte ein nasses Handtuch auf meiner Stirn. So lag ich da. Irgendetwas an dieser Erkältung kam mir seltsam vor. Vielleicht war es ja auch ein Nerv, den ich mir beim Trainieren eingeklemmt hatte und der jetzt ausstrahlte? Ich googelte die Symptome, aber das verwirrte mich natürlich noch mehr, also legte ich mich wieder hin, bis mich das Vibrieren meines Handys aus dem Dämmerzustand riss.

Nicht Alice war dran, sondern Anna, eine Ungarin, die ich vor einiger Zeit über das Expat-Netzwerk InterNations kennengelernt hatte. Sie hatte einige Jahre in Abu Dhabi als Fitnesstrainerin gearbeitet, war aber jetzt auf dem Sprung zu einem besseren Job in Dubai und wartete in ihrer ungarischen Heimat auf ihr Visum. „Wie geht's?" Anscheinend hatte sie gerade Zeit und Lust zu quatschen. Als ich ihr von meinen Symptomen erzählte, wurde sie hellhörig. „Ja, das kann schon vom Training kommen. Ich hab in meiner alten Wohnung auch noch eine super Salbe aus Europa, die man in den Emiraten nicht bekommt. Du kannst sie gerne haben."

Ich war über ihre Besorgnis und ihre umgehend angebotene Hilfe überrascht. Schließlich kannten wir uns ja nur sehr flüchtig und früher hätte man sie wahrscheinlich eine Brieffreundin, heute wohl eher eine Chat-Freundin, genannt. Ich bedankte mich für ihr Angebot und versicherte ihr, darauf zurückzukommen, wenn es morgen früh noch nicht besser geworden sei. „Hast du denn niemanden in Abu Dhabi, der sich um dich kümmert? Du hast doch eine Freundin, oder?" Ich hatte nicht wirklich Lust, näher darauf einzugehen.

Es wurde nicht besser. Ganz im Gegenteil. Als es Abend wurde, hatte ich Schüttelfrost, der Hals war noch dicker als zuvor, ich merkte, dass mir auch das Schlucken immer schwerer fiel. Dafür reichten die Aspririn-Tabletten wohl nicht aus und ich musste mich mit dem Gedanken anfreunden, ein Krankenhaus aufzusuchen. Etwas, was ich in der gesamten Zeit hier noch nie hatte machen müssen und vom Gedanken daran bekam ich Gänsehaut. Nicht, weil ich mir Sorgen um die Qualität der Behandlung machte, sondern aus anderen Gründen.

Da ich, wie gesagt, in Abu Dhabi noch nie in einem Krankenhaus gewesen war, musste ich jemanden um Rat fragen. Mein erster Gedanke war Alice, da ich mir gut vorstellen konnte, dass sie im Rahmen ihrer CSR-Projekte auch schon mit Krankenhäusern zu tun gehabt hatte. Ich erzählte ihr, dass die Schmerzen doch stärker geworden waren und ich mich am nächsten Morgen durchchecken lassen wollte. Ihr Ton wurde besorgter und sie hatte sofort einen Tipp parat. „Al Noor Hospital. Die sind gut, da hat auch eine Freundin von mir entbunden und du kannst unsere Firmen-Versicherungskarte verwenden."

Sie merkte an, dass dort so viele Krankenschwestern aus ihrer Heimat arbeiteten, dass sie sich bei jedem Termin ein wenig wie zuhause fühlte. Ich ärgerte mich, nicht schon früher ins Krankenhaus gegangen zu sein. „Wahrscheinlich, weil ich immer schon ein bisschen Angst vor Krankenhäusern gehabt habe. Als ich klein war, hatte meine Großmutter Krebs und ich begleitete sie jedes Wochenende zu ihren Therapien, bis sie irgendwann starb." Alice versuchte mich aufzubauen: „Aber du hast doch geglaubt es wird besser. Da ist doch klar, dass du nicht daran gedacht hast, ins Krankenhaus zu gehen."

Der Tod meiner Oma war nicht der einzige Grund warum ich vor jedem Krankenhausbesuch ein mulmiges Gefühl hatte. Mir selbst war vor einigen Jahren ein Gewächs, das zum Glück gutartig war, aus dem Darm operiert worden und seitdem musste ich alle zwei Jahre regelmäßig zur Kontrolle, um sicherzustellen, dass nicht doch etwas davon nachgewachsen war. „Das hängt aber natürlich auch mit Stress, Ernährung und einer guten Life-Work-Balance zusammen", fügte ich hinzu. Alice verstand meinen Hinweis und erwiderte: „Tun das letztendlich nicht alle Dinge?"

Ich hatte parallel auch meine Arbeitskollegin Angela um Rat gefragt, da ihr Ehemann ein angesehener Chirurg in Abu Dhabi war. Sie war besorgt. „Wenn es dir wirklich schlecht geht, kannst du zu uns kommen. Es ist nicht gut, in so einer Situation alleine zu sein." Ihre Worte berührten mich so sehr, dass es mir Tränen in die Augen trieb. Bei jemand anderem hätte ich, denke ich, vergeblich auf derartige Unterstützung gewartet. „Danke. Du bist die erste, die mir so etwas anbietet. Ich werde dich auf dem Laufenden halten." Und ich versprach ihr, im Falle einer Verschlimmerung sofort in die Notaufnahme des Al Noor Hospitals zu fahren.

Es war 3 Uhr früh, als ich ein Uber-Taxi bestellte und auf dem schnellsten Weg ins Krankenhaus fuhr. Ich konnte kaum noch schlucken und auch das Atmen durch den Mund schmerzte höllisch. In dieser Nacht war zum Glück nicht viel los und schon kurz nach meiner Ankunft fand ich mich auf einem Bett in einem der Behandlungsräume wieder. Mein Fieber war inzwischen auf 38,5 Grad gestiegen, und als ich das hörte, war ich erleichtert, dass ich nicht noch länger gewartet hatte.

Der diensthabende Arzt war schon älter und er strahlte Kompetenz und Erfahrung aus. Genau das, was ich in meinem Zustand brauchen konnte. Er hörte sich meine Beschwerden an, schaute mir tief in den Rachen und nickte. „Alles klar. Das ist eine akute Mandelentzündung." Und er schaute mich mitfühlend an. „Ich weiß, es ist sehr schmerzhaft, aber das kriegen wir wieder hin." Er ordnete eine Blutuntersuchung an, dazu bekam ich eine Infusion und Antibiotika.

Es musste auch etwas Betäubendes dabei gewesen sein, denn als ich das nächste Mal auf die Uhr sah, war es bereits neun Uhr. Von Alice hatte ich bisher nichts gehört, also schickte ich ihr ein kurzes Update. Nur von Rebecca, der ich als einziges Familienmitglied von meinem Krankenhausbesuch erzählt hatte, gab es eine Reihe von verpassten Anrufen. Schnell meldete ich mich bei ihr, um sie zu beruhigen. Etwas später ließ dann auch Alice von sich hören – per SMS: „Was? Du hängst an Infusionen?" Anstatt eine Antwort einzutippen, was mit der Nadel im Arm auch sehr mühsam gewesen wäre, schickte ich ihr ein Foto von mir am Tropf.

„Du bist noch immer da?" Nach einigem Überlegen entschied ich mich dann doch, ihr im kürzesten Kurzmitteilungsstil zu schreiben, dass ich mich mit einem Virus infiziert hatte, nun zwei Tage krankgeschrieben war und nächste Woche jeden Morgen für eine Spritze ins Krankenhaus kommen und zuhause einen Medikamentencocktail einnehmen musste. Als ich mich mit einem kurzen „Bye" verabschiedete, kam sofort ein Rüffel zurück: „Verwende dieses Wort nicht, wenn du so krank daliegst. Das ist unheimlich!"

Was die Qualität des Krankenhauses betraf, sollte sie recht behalten. Der Service war wirklich eins a und ich kam mir schon bald vor wie in der Ärzteserie „Scrubs", denn die Stimmen hinter dem Vorhang waren sehr gut verständlich und es dauerte nicht lange, bis ich wusste, welche Schwester mit welchem Arzthelfer gerade etwas am Laufen hatte, was mir ein müdes Lächeln entlockte, denn mit Affären am Arbeitsplatz hatte ich ja inzwischen so meine Erfahrung. Die Affären der „Scrubs"-Leute klangen allerdings um einiges unkomplizierter. Das lag wahrscheinlich auch an Alices Einstellung zu Beziehungen.

Ich hatte mir schon gedacht, dass Alice nicht plötzlich die überbesorgte, fürsorgliche Freundin spielen würde. Sie hatte ihre klare Linie und die wollte sie beibehalten. Tiefere Gefühle zu zeigen, gehörte offensichtlich nicht zu ihrem Repertoire. Allerdings hatten wir schon so viele intime Momente und Gedanken miteinander geteilt, dass ich mir von ihr, wenn schon nicht als Partnerin, dann zumindest als Freundin in so einer Situation Beistand erhofft hatte. „Du bist doch hoffentlich nicht ansteckend?", hörte ich plötzlich von der Seite. Es war Cristiano, der sich mit drei großen Luftballons bewaffnet in die Notaufnahme geschmuggelt hatte und schon von drei Schwestern umringt war. „Glaubst du wirklich, ich lass dich mit dem Taxi nachhause fahren?" Er drehte sich zu einer der Schwestern: „Kann mein Kumpel vielleicht ein Glas Wasser bekommen? Er sieht doch ganz blass aus." Und ich konnte nicht anders, als über seine fürsorgliche Art zu lachen.

15 Victoria's secret

„Warum hast du denn nicht gesagt, dass es dir so schlecht geht?", fuhr mich Victoria an. Ihre Art mochte auf viele sehr harsch wirken, aber ich wusste, dass sie das nicht so meinte. Es war ihre Art zu zeigen, dass sie besorgt war. „Ich wollte euch nicht beunruhigen", meinte ich und das war auch wirklich der Grund gewesen, denn ich wusste, dass meine beiden Mitbewohnerinnen ein paar Tage Erholung im Oman bitter nötig gehabt hatten, schließlich hatte sie in ihrer Firma gerade ein großes Projekt abgeschlossen, das ihnen viele schlaflose Nächte bereitet hatte.

„Rat mal, von wem wir davon erfahren haben?", schmunzelte Celine. Ich zuckte mit den Schultern und tippte auf Cristiano. Sie schüttelte den Kopf. „Wir haben deine spezielle Freundin am Flughafen getroffen." Klar, Alice war heute ja nach Bahrain geflogen. Ohne sich groß von mir zu verabschieden. Alles, was ich bekommen hatte, war eine SMS mit dem Inhalt: „Bin dann mal weg. Wir sehen uns, wenn ich zurück bin". Auf die Frage, ob es mir inzwischen besser gehe, hatte ich vergeblich gewartet.

„Sie hat euch nach mir gefragt? Wie hat sie denn gewirkt?" Die Französin sah mich mit durchdringenden Augen an und schüttelte den Kopf. „Sie klang besorgt, aber ich weiß nicht. Es klang etwas aufgesetzt." Victoria pflichtete ihr bei. „Wir haben sie gefragt, warum sie nicht mit dir ins Krankenhaus gefahren ist oder dich nicht wenigstens besucht hat. Ich meine, du weißt, dass wir das sofort gemacht hätten, wenn wir da gewesen wären, oder?" Ich nickte und hatte inzwischen auch ein wenig ein schlechtes Gewissen, dass die beiden ausgerechnet von Alice von meinem Aufenthalt in der Notaufnahme hatten erfahren müssen.

„Was hat sie darauf gesagt?", fragte ich neugierig. „Sie meinte, dass sie bei der Arbeit so viel zu tun gehabt hätte, dass sie es nicht geschafft habe", erzählte Viktoria. Ich war enttäuscht. Einerseits wegen der lahmen Ausrede und andererseits, weil es mich wieder daran erinnerte, dass sie nicht für mich da gewesen war. Celine deutete meinen Gesichtsausdruck richtig. „Ganz ehrlich, so etwas ist letztklassig. Du hast wirklich etwas Besseres verdient." Die Ukrainerin gab ihr recht. „Wenn das mein Freund gemacht hätte, würde ich ihn sofort auf den Mond schießen!"

Victorias Freund war ein Thema für sich. Lange Zeit hatte sie ihn vor Celine und mir verheimlicht, wobei wir wussten, dass etwas im Busch war, denn sie hatte sich in den letzten Monaten immer häufiger mit teils skurrilen Ausreden verabschiedet und war tagelang nicht zu sehen gewesen. Da lag die Vermutung nahe, dass sie wohl jemanden kennengelernt hatte. Hinter ihrem Rücken sprachen wir von „Victoria's Secret" und fanden diese Anspielung auf die Dessousmarke mehr als treffend.

Wir hatten aber nicht vor, ihr deswegen auf die Nerven zu gehen. Wenn sie uns etwas erzählen wollte, dann würden wir zuhören, aber wenn sie das nicht wollte, dann eben nicht. Das war einer der besten Aspekte unseres Zusammenlebens. Zweifellos waren wir sehr verschieden und die Chance, dass wir ohne die Wohngemeinschaft je zueinander gefunden hätten, mochten gering sein, aber wenn wir uns brauchten, waren wir füreinander da. Bedingungslos, denn keiner war dem anderen Rechenschaft schuldig. Wir hatten im Grunde eine Freundschaft für die Dauer unseres Zusammenlebens geschlossen.

Vielleicht verband uns auch der Umstand, dass das Zusammenleben von unverheirateten Männern und Frauen in diesem Teil der Welt eigentlich verboten war. „Solange wir nicht negativ auffallen, werden sich die Nachbarn nicht beschweren", hatte mir Celine gesagt, als ich bei ihr für das freie Zimmer vorsprach. Meine Vormieterin in der Drei-Mädchen-WG war übrigens eine

Japanerin gewesen. „Aber wir haben den ständigen Zickenkrieg satt, deshalb tut ein Mann unserer Wohngemeinschaft sicher gut", hatte sie gemeint und das war wohl auch der Grund, warum ich letztlich einziehen durfte. Victoria stieß erst vor knapp einem Jahr dazu. War sie zu dem Zeitpunkt noch Single, hatte sich das wenig später offenbar geändert.

„Wie lange sollte man sich kennen, bevor man heiratet?", fragte sie mich eines Tages, als ich im Wohnzimmer beim Bügeln war. Ich war etwas überrascht und meinte, dass man längere Zeit zusammen sein sollte und ich es auch wichtig fände, einige Zeit zusammenzuwohnen, denn schließlich sollte man die Chance haben, über die Eigenheiten des Partners besser Bescheid zu wissen, bevor man sich zu einem so großen Schritt wie die Ehe entscheidet. „Nein, ich finde nicht, dass man vorher zusammenwohnen muss", befand Victoria. „Wenn es passt, reicht es sicher, wenn man sich ein paar Monate kennt, oder?"

Damals konnte ich mir keinen Reim auf ihre Fragen machen. Aber ihr Geheimnis hatte ein Ablaufdatum. Schuld daran war mein Freund Pedro, der für ein paar Tage aus Mexiko zu Besuch gekommen war und auf der Couch im Wohnzimmer sein Lager aufgeschlagen hatte. Als Victoria eines Nachts von einer ihrer Reisen zurückkehrte, hatte sie vergessen, dass Pedro da war und die Überraschung war groß. Nicht nur bei ihr über den fremden Mann im Wohnzimmer, sondern auch bei ihm, als er ihre Begleitung sah. Im Dunkeln hatte er wohl zuerst geglaubt, ein Gespenst vor sich zu sehen, aber als das Licht anging, war klar, dass das Weiß nicht von einem Gespenst, sondern einem Kaftan stammte.

Was Victoria nämlich so lange versucht hatte zu verbergen, war der Umstand, dass sie etwas mit einem Mann aus Saudi-Arabien angefangen hatte. Etwas, was sie aus mehreren Gründen vor Herausforderungen stellte. Da gab es die andere Religion, verbunden mit vielen Vorschriften und es kam hinzu, dass Saudis für gewöhnlich unter sich blieben. Klar, es gab einige, die es mit den Regeln nicht ganz so genau nahmen und sich vor der Ehe auch mal anderswo umschauten, aber am Ende blieben sie doch der Tradition treu, auch um nicht zu riskieren, von ihrer Familie verstoßen zu werden, denn das würde für sie wohl auch erhebliche finanzielle Verluste bedeuten.

Unsere Mitbewohnerin wusste darüber natürlich Bescheid, nur abfinden wollte sie sich damit nicht. „Ahmed und ich sind glücklich. Das ist etwas mit Zukunft und irgendwann werden wir das auch seinen Eltern sagen können." Solange Ahmed seinen Master in Manchester machen würde, würde das aber wohl nicht passieren. Schlafende Hunde sollte man schließlich nicht wecken. Aber Celine und ich sorgten uns um sie. „Das kann böse enden. Denn wer sagt, dass seine Familie das wirklich so locker sieht, wie die beiden glauben? Und wer weiß, ob ihm nicht schon eine Frau versprochen ist?", meinte Celine eines Abends, nachdem Victoria von Ahmed im schmucken Bentley abgeholt worden war.

Celine hatte nach dem Omantrip offensichtlich das Bedürfnis zu reden und das war nicht so oft der Fall, denn so cool und umgänglich sie war, zuhause wollte sie meistens einfach in Ruhe gelassen werden. Vielleicht tat auch die Flasche Rotwein an diesem Abend ihre Wirkung. „Ich bin wirklich die letzte, die über Victorias Liebesleben urteilen sollte." Ich schaute sie fragend an. „Du erinnerst dich doch an Jean-Luc?" Ich nickte, denn sie hatte ihn mir vor einigen Monaten auf einer Party vorgestellt. Ich hatte ihn damals eigentlich sofort als eingebildeten Schönling abgestempelt und mir nicht weiter Gedanken über ihn gemacht.

Als ich dann von Celine hörte, dass die beiden hinter dem Rücken ihres Freundes Michael und Jean-Lucs Frau seit zehn Monaten eine Affäre hatten, blieb mir dann doch kurz der Schluck Wein im Hals stecken. Nun machte es plötzlich Sinn, dass mich der Franzose damals so komisch angesehen hatte, als ich – und das war wirklich nur eine Höflichkeitsfloskel gewesen – zu ihm gesagt hatte, dass mir Celine schon viel von ihm erzählt habe. So viel war das wohl doch nicht gewesen.

Man musste ihr aber zugutehalten, dass Michael, ein Amerikaner, nicht in Abu Dhabi wohnte und sie sich eigentlich nur zweimal im Jahr im Urlaub zu Gesicht bekamen. „Irgendwann war von der Liebe oder der Verliebtheit nichts mehr übrig", meinte sie einmal und es war für sie nur eine Frage der Zeit, wann sie es übers Herz bringen würde, ihm reinen Wein einzuschenken.

Während sie das schließlich wirklich tat, ließ Jean-Luc die Sache einfach weiterlaufen. Der Modefotograf beteuerte zwar, dass er Celine liebte und die Ehe mit seiner Frau, die in Frankreich lebte, eigentlich nur noch auf dem Papier bestehe, zu einer Scheidung konnte er sich trotzdem nicht durchringen. „Ihre Familien sind seit Generationen befreundet und die beiden sind seit der Mittelschule zusammen. Stell dir vor, er trennt sich nun meinetwegen von ihr. Glaubst du, dass mich seine Familie je akzeptieren würde? Ich wäre doch auf ewig die Frau, die seine Ehe zerstört hat", schilderte sie mir ihr Dilemma. Und plötzlich kamen mir meine Probleme mit Alice ziemlich klein und unbedeutend vor.

16 The Breakfast Club

„Ist deine Heiratsgenehmigung eigentlich schon angekommen?", zog Elias seinen Kollegen Uwe beim Frühstück im Ocean Club auf. „Nein, das dauert alles ewig", brummte der Deutsche, der ohnehin ein wenig als Griesgram verschrien war. Ich horchte auf, denn dass er heiraten wollte, war mir neu. Ich bat Elias um Details. „Du hast nichts davon gewusst? Dabei redet Uwe ja seit Wochen von nichts anderem." Wie sich herausstellte, war er seit fast zwei Jahren mit einer Landsfrau von Alice liiert, die er eines Abends an einer Hotelbar kennengelernt hatte. Und jetzt wurde offensichtlich bald geheiratet.

Etwas verlegen gratulierte ich ihm, was ihn freute. „Ja, Pamela ist gerade in Thailand. Sie muss einen Haufen Dokumente auftreiben und übersetzen und beglaubigen lassen, damit sie mich heiraten kann. Ein wahrer Spießrutenlauf." Er mochte sich zwar gerade darüber ärgern, aber in seinem Gesicht sah man, wie sehr er sich auf die bevorstehende Hochzeit freute.

Seine Verlobte hatte bei ihm sichtbar Wunder bewirkt, denn ich erinnerte mich noch lebhaft daran, wie ich Uwe das erste Mal in der Movie & TV City über den Weg gelaufen war. Ein Meckerer der Sonderklasse. „Wenn ich das Geld nicht bräuchte, wäre ich sofort wieder weg", hatte er damals gesagt. Fragte man ihn jetzt, meinte er, er könne es hier locker noch ein paar Jahre aushalten. Nun verstand ich auch wieso.

Ich war froh, die Einladung von Dax zum Breakfast Club angenommen zu haben. Jeden Freitag um neun Uhr organisierte er einen Tisch für zehn Personen und die Teilnehmer, von denen viele auch in der Movie & TV City beschäftigt waren, nutzten die Gelegenheit, um auch einmal über andere Dinge als die Arbeit zu sprechen. Und da die Besetzung fast jede Woche neu zusammengewürfelt war, kam nie Langeweile auf. Für mich war es auch eine gute Ablenkung, da Alice gerade mit Sabrina in Bahrain unterwegs war.

Mit etwas Verspätung traf auch Cristiano ein. Er hatte Max mitgebracht, einen Geschäftsmann aus der Schweiz, den er beim Kitesurfen kennengelernt hatte. Der Mittdreißiger sah nicht gerade entspannt aus. Ständig blickte er auf sein Handy und sein Gesichtsausdruck zeugte von Nervosität. Noch bevor der Frühstückskaffee serviert war, verabschiedete er sich wieder, um ein wichtiges Telefongespräch anzunehmen. Ich blickte Cristiano verwundert an: „Mann, kriegt der gerade ein Kind oder was?"

Cristiano nahm mich zur Seite. „So was in der Art." Und er erzählte mir, dass Max in der Schweiz eine Frau und zwei kleine Kinder hatte, seit einem Jahr in den Emiraten wohnte und sich bei einer ausufernden Beach-Party in eine Stewardess aus Kenia verknallt hatte. Irgendwann hatten die beiden die Party vom Strand in sein Hotelzimmer verlegt, und als sie einige Wochen später mit einem positiven Schwangerschaftstest vor der Tür stand, fiel er natürlich aus allen Wolken.

„Das Kind konnte er natürlich nicht brauchen. Vor allem: Hier wirst du ja eingesperrt, wenn du als ledige Frau ein Kind kriegst und wer weiß, ob der Mann nicht wegen Vergewaltigung angeklagt wird, offiziell gibt es hier ja auch keinen Sex außerhalb der Ehe." Das klang nach einem großen Dilemma. „Und wie ging die Geschichte dann weiter?", wollte ich von meinem Freund aus Portugal wissen. Nach langem Hin und Her und einer großzügigen Geldspende an ihre Familie hatte sich die Stewardess zu einer Abtreibung bereit erklärt. Die musste natürlich im Ausland durchgeführt werden und für Behandlung, Flug, Unterkunft und Visum musste Max noch einmal tief in die Tasche greifen. „Ein Albtraum", meinte Cristiano und zog am Strohhalm seines Apfelsaftes. „Also Junge, so viel Spaß es auch macht, ohne Ehering lieber immer auf Nummer sicher gehen."

Es war schon etwas paradox, dass wenig später Abdulaziz vor uns stand und Schokolade verteilte, weil er in der Vorwoche Vater geworden war. Er war einer der vielen libanesischen Regisseure, die in der Movie & TV City angestellt waren, und da er schon über 50 war, freute er sich ganz besonders, dass es mit dem Nachwuchs noch geklappt hatte. „Aber zum Schlafen kommen meine Frau und ich momentan kaum", meinte er und die Ringe unter seinen Augen sprachen Bände.

Mir gegenüber saß Dave, ein Cutter, der seine ganze Familie nach Abu Dhabi mitgebracht hatte. „Für kleine Kinder ist es hier perfekt. Die internationalen Schulen haben alle ein hohes Niveau und auch sonst wird alles getan, damit sich junge Familien hier wohlfühlen. Und mehr Geld gibt es natürlich auch, wenn man seine Familie hierher mitbringt", merkte er mit einem Augenzwinkern an und ich wusste sofort, worauf er anspielte. Es war hier nämlich keine Seltenheit, dass Expats erst sehr, sehr knapp vor dem Umzug in die Emirate vor den Traualtar traten. Ich hoffte, dass das in den meisten Fällen trotzdem vor allem aus Liebe und Überzeugung passierte und nur sekundär wegen Visa und der finanziellen Spritze.

„Dass ich dich hier treffe, hatte ich wirklich nicht erwartet!" Ich drehte mich um und vor mir stand Jasmin, meine ehemalige Studienkollegin aus London. Ich stand auf und umarmte sie stürmisch, denn vor allem ihre unglückliche Beziehung mit Fußballer Armin hatte uns in der gemeinsamen Zeit in England eng zusammengeschweißt. „Darf ich vorstellen. Das ist mein Freund Ricardo." Ich schüttelte ihm die Hand. Der Spanier arbeitete seit Kurzem als Lehrer in Abu Dhabi und sie war hier, um ihn zu besuchen.

Ich war, ehrlich gesagt, überrascht, dass sie inzwischen noch nicht verheiratet war und sich stattdessen zu dieser Fernbeziehung entschieden hatte. Die beiden hatten sich vor zwei Jahren bei einer Karibikkreuzfahrt kennengelernt und waren seither zusammen, obwohl sie bisher nie am gleichen Ort gewohnt hatten. Und da sie gerade die 30er-Grenze überschritten hatte, würde sie sicher auch bald an Kinder und Familie denken. „Natürlich ist das so.

Aber wir stecken momentan beide in unseren Jobs fest, und wenn mein Vertrag im nächsten Jahr ausläuft, werden wir uns wohl entscheiden müssen."

Wenn es nach ihr ginge, würde sie gerne wieder in ihre österreichische Heimat zurückkehren. „Ich war jetzt so lange auf der ganzen Welt unterwegs, aber ich finde, dass es zuhause doch am Schönsten ist. Findest du nicht?" Ich konnte diese Einstellung nur bedingt teilen. Ich sah mich inzwischen mehr als Weltbürger, der überall zuhause war. Und nach dem Scheidungsdrama meiner Eltern gab es das Zuhause, in dem ich aufgewachsen war, auch gar nicht mehr. Ich sah meine Familie und Freunde natürlich gerne, aber ich hatte nicht das Gefühl, irgendwas „zuhause" zu verpassen. Vor allem in unserer Branche musste man versuchen, ins Ausland zu kommen, um etwas zu erreichen und gut zu verdienen und auch Jasmin musste zugeben, dass es Jobs, die ihrem Profil entsprachen und auch angemessen bezahlt wurden, in ihrem Heimatort – einem kleinen Dorf im Südburgenland – praktisch nicht gab. Deshalb würde es wohl Wien oder Salzburg werden. Erschwerend kam hinzu, dass Ricardo kein Wort deutsch sprach.

„Und wie läuft es bei dir privat?" Ich konnte an ihrem Gesichtsausdruck erkennen, dass ihr das, was sie hörte, ganz und gar nicht gefiel. „Gibt's hier keine Europäerinnen, die dir gefallen? Ich meine, ich habe nichts gegen Asiatinnen, aber ich sag dir, Frauen sind heimatverbunden, die werden nur schwer von hier wegwollen, falls du nach ein paar Jahren beschließt, wieder nachhause zurückzukehren." Sie hatte diese fixe Idee im Kopf, dass jede so heimatverbunden wäre wie sie. Aber ein Fünkchen Wahrheit war dran und im Fall von Alice war das auch verständlich, schließlich hatte sie Enzo, der zuhause auf sie wartete.

Das hielt mir die Perspektivlosigkeit der Sache wieder einmal klar vor Augen. Nachdem ihr Freund begonnen hatte, sich angeregt mit Cristiano auf einem Mix aus Spanisch und Portugiesisch zu unterhalten, wechselte Jasmin ins Deutsche. Mittlerweile konnten wir uns ungestört unterhalten, denn auch der Schweizer hatte sich in der Zwischenzeit verabschiedet. „Warum ist aus uns eigentlich nie etwas geworden?", fragte sie mich offen und lächelte. „Wir haben uns doch damals so gut verstanden." Das stimmte natürlich, aber als Armin etwas mit ihr angefangen hatte, war das Thema für mich erledigt gewesen.

„Es hat wohl einfach nicht sein sollen", meinte ich. Sie schüttelte den Kopf. „Ich finde das schade. Denn in meinen Augen bist du perfekt." Ich war von ihrer Offenheit überrascht, auch unter dem Aspekt, dass ihr aktueller Freund neben ihr saß. „Glaub mir, perfekt bin ich sicher nicht", meinte ich lächelnd, freute mich aber insgeheim über das Kompliment, denn von Alice bekam ich so etwas nicht oft zu hören. Einmal hatte ich zu ihr gesagt, dass man sich hin und wieder schon über ein Kompliment freue, worauf sie nur meinte: „Du kannst gerne ein paar von denen abhaben, die ich täglich bekomme." So war sie eben.

Bevor ich zu sehr in Gedanken versank oder Jasmin die Möglichkeit hatte, mir weiter Honig ums Maul zu schmieren, klopfte mir Dax auf die Schulter: „Hier sind deine zwei Karten für das OneRepublic-Konzert. Weißt du schon, wen du mitnimmst?" Ich lächelte leicht gequält.

17 Counting stars

Bahrain hatte Alices Erwartungen überhaupt nicht erfüllt. „Ich weiß nicht, warum mir so viele Leute davon vorgeschwärmt haben, das hat meiner Meinung nach nichts Besonderes." Aber natürlich fügte sie danach noch solidarisch hinzu: „Aber es hat sicher auch seine schönen Seiten, wenn man es besser kennt." Komischerweise hatte ich oft das Gefühl, dass sie sich manchmal nicht traute, offen ihre Meinung zu sagen, weil sie es sich mit niemandem verderben wollte. Klar, was wäre zum Beispiel, wenn ihre Chefin ein Bahrain-Fan wäre? Also lieber mal abschwächen.

Von allen Sehenswürdigkeiten, die sie mit ihrer Freundin Sabrina angeschaut hatte, erzählte sie mir im Detail. Ich fragte nicht nach, ob ihr die Tipps, die ich für meinen letzten Bahraintrip im Vorjahr zusammengestellt hatte, weitergeholfen hatten, denn ich wollte ihren Monolog, den sie eintönig abspulte, auch nicht unnötig unterbrechen. Unterm Strich war es ein Urlaub, in dem sie nicht viel Schlaf bekommen hatte. Waren sie nicht gerade bei irgendwelchen Sehenswürdigkeiten oder auf dem Rücken eines Kamels bei einer Safari in der Wüste unterwegs, standen Besuche bei Freundinnen und Verwandten auf dem Programm, die alle in einem Club oder auf einer Beach-Party endeten.

„Du kannst dir nicht vorstellen, wie es ist, wenn dich jeder sehen will. Und dann der Freund meiner Cousine, der ist aus Deutschland und so was von anstrengend. Ein typisch deutscher Stresser!" Und ich erinnerte mich wieder daran, dass sie mit deutschen Männern bisher nicht die besten Erfahrungen gemacht hatte. Wenigstens mit ihrer Uni-Freundin schien sie sich gut verstanden zu haben. „Ja, es war, als wäre seit der Uni überhaupt keine Zeit vergangen. Das sind eben Freunde, die einem für immer erhalten bleiben."

In dem Punkt stimmte ich ihr zu. Ich hatte auch schon selbst erfahren, dass es von dieser besonderen Art von Freunden nur eine Handvoll gab. Ich fragte mich, welche Freundschaften aus meiner Zeit im Mittleren Osten wohl über Jahre hinweg erhalten bleiben würden. In der Zwischenzeit hatte ich schon einige Kollegen und Freunde kommen und gehen sehen. Was besonders schmerzhaft war, denn eine Freundschaft braucht natürlich auch Zeit zu wachsen und leider war es schon öfter vorgekommen, dass die neuen Freunde aus den verschiedensten Gründen wieder weg waren. Meistens eher aufgrund kultureller Probleme oder beruflicher Frustration als wegen eines besseren Jobangebots.

Für Alice stand jedenfalls fest, dass sie noch länger in Abu Dhabi bleiben würde. „Mindestens zwei Jahre halte ich noch in der Wüste durch", sagte sie überzeugt. Ich hatte schon öfter gemeint, dass sie wohl irgendwann als CEO einer großen Firma hierher zurückkehren würde. Damit streichelte ich natürlich auch ihr Ego. Aber sie gab zu, dass es Tage gab, an denen sie im Internet die Jobportale auf der Suche nach Alternativen durchstöberte. „Das machen wir doch alle von Zeit zu Zeit, oder?" Und ich gab ihr recht.

Ich dachte, es würde mir schwerer fallen, sie zu überreden, zum OneRepublic-Konzert mitzugehen, vor allem, weil es unter der Woche stattfand. „Als meine Kolleginnen gehört haben, dass ich zu dem Konzert eingeladen bin, waren sie richtig neidisch. Es soll ja schon lange ausverkauft sein." Die Band sagte ihr zwar nichts, aber als „It-Girl" durfte sie bei so einem Ereignis natürlich nicht fehlen und ich fragte mich, ob ich für sie nicht manchmal völlig überflüssig war oder, besser gesagt, nur Mittel zum Zweck.

Und das Konzert war wieder einmal eine schöne Gelegenheit, ihre zwei Seiten zu erleben. Es fand nämlich in sehr kleinem Rahmen statt, im Garten eines Hotels an der Strandpromenade.

Erst einen Tag später würde OneRepublic in der großen Konzerthalle vor tausenden Fans spielen. Doch für diesen exklusiven Gig hatte es nur ein paar hundert Karten gegeben. Dax hatte seine Kontakte spielen lassen und so war auch ein Treffen mit Frontman Ryan Tedder knappe zwei Stunden vor dem Konzertbeginn inkludiert.

Da war es wieder. Das strahlendste Lächeln, das man sich vorstellen konnte. Ich musste zugeben, dass sie in ihrem roten Kleid wirklich umwerfend schön aussah. Und im Ambiente der Lobby des Fünf-Sterne-Hotels, in der das kurze Treffen mit der Band stattfand, hätte so mancher vermuten können, es handle sich um ein Meet-and-Greet mit der ehemaligen Miss Thailand anstatt mit einer international renommierten Band.

Alice hatte einfach ein Talent dafür, in so einer Umgebung zu leuchten. Sie wusste genau, wie sie sich auf dieser Bühne zu verhalten hatte und es schien, als hätte die verlorene Tochter endlich den Weg nachhause gefunden. Hier war sie in ihrem Element. Das war ihr eigentliches Zuhause und ich fragte mich, ob sie das Blitzlicht der vielen Kameras auch ein bisschen an den Moment erinnerte, als ihr vor knapp zehn Jahren die Krone auf den Kopf gesetzt worden war. Eine Krone, die sie offenbar bis heute nicht abgenommen hatte.

Es dauerte nicht lange, bis die Fotos von Ryan Tedder und ihr auf jedem ihrer Social-Media-Kanäle zu finden waren und die Zahl der Likes sekündlich in die Höhe schoss. Kommentare von Freundinnen ließen auch nicht lange auf sich warten. „Ist das dein neuer Freund?", lauteten einige der Posts, worauf Alice antwortete: „Ich brauch keinen Mann, aber gut schaut er schon aus." Gefolgt von einem Zwinkersmiley, versteht sich. Ich nahm das nicht ernst, denn ich hatte genug Selbstvertrauen, um zu wissen, dass ich gut aussah und sie sich auch sonst über mich nicht wirklich beklagen konnte. Hatte ich mir zumindest gedacht.

Als wir in den Zuschauerbereich wechselten, änderte sich ihre Stimmung schlagartig. Als wäre plötzlich einen Hebel umgelegt worden, war das süße Lächeln verschwunden und ich hatte wieder dieses ausdruckslose Gesicht vor mir, bei dem man nicht wusste, ob man nicht fürchten musste, dass sie einem gleich an die Gurgel sprang. Offensichtlich war die Konfrontation mit ihrem früheren Leben doch nicht spurlos an ihr vorübergegangen. „Ich brauche jetzt was zu trinken", meinte sie und steuerte auf die Bar zu. Während sie sich einen Whiskey holte, ging ich ein paar Meter weiter zum Bierstand.

„Na, wie läuft's, Junge?", hörte ich eine bekannte Stimme hinter mir und schon hatte ich Cristianos Hand auf meiner Schulter. „Arbeitest du heute hier?", fragte ich ihn überrascht. „Ja, wir arbeiten an so einem neuen Kulturmagazin fürs lokale Fernsehen. Wird eine coole Sache." Sein Blick wanderte ein paar Meter weiter und es dauerte nicht lange, bis er Alice erkannte. „Hätte ich mir ja denken können, dass du mit ihr hier bist. Und wie läuft es?" Ich erzählte ihm kurz vom Treffen mit Ryan Tedder und dass sie gerade aus Bahrain zurückgekommen war.

„Verstehe. Und aus welchem Grund zieht sie so ein Gesicht? Weil sie nicht im VIP-Klub sitzt und den Sekt an den Tisch serviert bekommt oder was?" Das erinnerte mich daran, dass sie mich einmal wegen eines angeblich dringenden Geschäftstermins versetzt hatte und wenig später Fotos von diesem „wichtigen Termin" auf Instagram zu finden waren: Sie und ihre Chefin lachten gemeinsam beim WTA-Tennis-Turnier aus der VIP-Box. Ich hatte mich darüber geärgert, dass sie mir nicht einfach den wahren Grund gesagt hatte. Ich hätte es verstanden.

„Ich hoffe, die spielen nicht zu lange, ich wollte eigentlich um 10 Uhr zuhause sein", war der nächste Kommentar, den ich von Alice hörte, und ihr gesunkenes Stimmungsbarometer färbte allmählich auch negativ auf mein Konzerterlebnis ab. Ich war schon früher ein großer Fan von OneRepublic gewesen, war auch in meiner Zeit in London auf einem ihrer Konzerte gewesen und hatte sie auch schon davor in den USA live gesehen. Aber statt „Counting Stars" wurde es für mich zu „Counting Minutes".

Je länger das Konzert dauerte, desto mehr sank Alice in sich zusammen. Bald sah sie so sehr wie ein Häufchen Elend aus, dass ich Mitleid mit ihr hatte. Mehrmals legte ich meinen Arm um ihre Schultern. „Ist bei dir alles okay?" Sie nickte nur und ich sah, dass ihre Augen vor Tränenflüssigkeit glitzerten. Gegen 10 Uhr beschloss ich, dass es genug sei. Wir gingen, bevor das Konzert zu Ende war, die größten Hits hatte die Band noch nicht einmal gespielt. Aber was sollte ich mit Alice in dieser Stimmung anfangen? Egal, ob der Bahraintrip oder, wie so oft, die Arbeit daran schuld war, sie musste einen Weg finden, ihre Probleme auf die Reihe zu kriegen.

Sie schlief im Taxi auf meinem Schoß ein. Und im Radio lief auch noch „Marchin' on" von OneRepublic, ein Song, der perfekt zu meiner unbefriedigenden Situation passte. Die Durchhalteparole eines nicht gerade geglückten Abends. Unser Abschiedskuss war leidenschaftslos.

18 Gone girl

Seit dem Konzert waren einige Tage vergangen und ich hatte nichts von Alice gehört. Wahrscheinlich hält die Arbeit oder ihre Freundin sie so auf Trab, versuchte ich mir einzureden, auch wenn das für mich kein Grund war, so auf Tauchstation zu gehen. Egal, wie viel Stress ich auch hatte, die zwei Minuten, um kurz „Hallo" zu sagen, hatte ich mir immer genommen. Aber ich war in dieser Hinsicht wohl einfach anders als sie.

„Du bist ein guter Kerl, einfühlsam und aufmerksam. Du bist ein guter Einfluss", hatte sie einmal zu mir gesagt. Leider hatte ich noch nicht bemerkt, dass meine Tugenden auf sie abgefärbt hätten. Ganz im Gegenteil. Für den Einsatz, den ich zeigte, kam einfach viel zu wenig zurück. Und das hatte gar nichts mit unserer speziellen Beziehung zu tun, denn so behandelte man auch seine Freunde nicht. Sofern wir Freunde waren.

Meine Schwester hatte sich inzwischen schon eine genaue Meinung über Alice gebildet und die war alles andere als gut. Rebecca war, ehrlich gesagt, schon besorgt um mich. „Was machst du für Sachen? Du rennst ihr nach wie ein Hündchen. Kaum zeigt sie ein bisschen Aufmerksamkeit, wedelst du mit dem Schwanz. Du hast was Besseres verdient. Jemanden, der die Dinge, die du tust, auch schätzen kann." Ich gab ihr recht, aber ich wusste gleichzeitig, dass ich Alice noch nicht aufgeben konnte.

Ich hatte mir aber zumindest vorgenommen, ihr nicht mehr nachzulaufen. „Du bist erfolgreich, gebildet und schaust gut aus.

Das hast du einfach nicht nötig." Es tat gut, von Zeit und Zeit so etwas zu hören, auch wenn es von einer Verwandten kam. Ich versuchte, mir ihre aufmunternden Worte zu Herzen zu nehmen und plante das Wochenende ohne Alice.

Und ich begann es mit einem 10-Kilometer-Lauf im Park der Movie & TV City. Da es erst kürzlich geregnet hatte, war die Luft ausnahmsweise fast frisch, und wenn man den leicht säuerlichen Gestank der überschwemmten Abwasserkanäle ausblendete, waren es bei knapp über 20 Grad nahezu perfekte Bedingungen für einen Lauf. Und um acht Uhr am Morgen waren auch fast keine Spaziergänger im Park unterwegs, die mich bremsen konnten.

Ich setzte meine Kopfhörer auf, scrollte zum Coldplay-Song „Fix you" und los ging es, um mich herum das künstliche Grün und die Towers der Movie & TV City, die am Wochenende immer ausgestorben wirkte. Und immer wenn ich zwischen den verwaisten Produktionshallen und künstlichen Filmstädten herumlief, kam ich mir vor, als wäre ich in einer anderen Welt, weit weg von der Wüste. Es waren die besten Voraussetzungen, um einmal völlig abzuschalten. Es überraschte mich auch nicht, wenn sich mein Weg manchmal sogar mit dem eines Studiodirektoren kreuzte, der sich wohl auch gerne in dieser anderen Welt verlor.

Wahrscheinlich hatten sich die Architekten dieser gigantischen Anlagen, die sich auf sechs Quadratkilometern erstreckten, Hollywood zum Vorbild genommen, denn der Hügel mit dem überdimensionalen Schriftzug Movie & TV City Abu Dhabi wies schon deutliche Parallelen zu seinem Konkurrenten in Los Angeles auf. Als Läufer war man für dieses Landschaftsmerkmal dankbar: Der Blick von dort über den Campus und die angrenzende Stadt war atemberaubend. Und auch, wenn ich sonst kein großer Fan von persönlichen Facebook-Posts war, dieses Motiv war es allemal wert. #Morgenlauf #MediaCity #AbuDhabi #TolleZeit

Kurz darauf hatte ich eine Nachricht von Alice. Der Post hatte sie wohl daran erinnert, dass es mich noch gab. „Wie geht's?" Ich sagte natürlich, dass es mir bestens gehe und fragte, wie es ihrer Freundin Sabrina denn in Abu Dhabi gefalle und ob ihr das Unterhaltungsprogramm bisher zugesagt habe. „Sie ist doch nicht gekommen. Hatte größere Lust, nach Dubai zu fliegen und dort Skydiven zu gehen." Das überraschte mich nun doch etwas und zugleich freute es mich natürlich auch, denn das musste bedeuten, dass Alice ein freies Wochenende hatte.

Zu fragen: „Willst du dann vielleicht mit mir etwas unternehmen?", lag für mich auf der Hand. Und bei dem Gedanken, nach einer längeren Pause wieder mit ihr zu schlafen, bekam ich ein Kribbeln im Bauch. Sie hatte offensichtlich andere Gedanken. „Ich weiß nicht, was ich machen will. Whatever." Ich war baff. „Whatever" ist für mich das Schlimmste, was man zu jemandem sagen konnte, in meinen Augen war es einfach vollkommen respektlos. Ich fragte Alice, was das denn bitte bedeuten solle.

„Es heißt, dass ich einfach nichts planen will. Punkt." Mit dieser Antwort konnte ich natürlich nicht viel anfangen und sagte ihr, dass sie sich gerne melden dürfe, falls sie doch die Lust verspüre, mich zu treffen. Auch für eine Begegnung der mehr als freundschaftlichen Art. „Wir können das ja offen ansprechen, oder?", fragte ich, da ich das trotz allem etwas seltsam fand. „Ja, klar. Aber ich will mir jetzt keine Gedanken machen, was ich tun will."

Diese lasche Einstellung erschwerte die Planung des Wochenendes, die Alice ja von vornherein abgelehnt hatte, erheblich. Cristiano und ich hatten eigentlich vorgehabt, an der Küste zu zelten und wieder einmal Kitesurfen zu gehen. „Tut mir leid, aber ich habe auch Pläne für dieses Wochenende. Glaub nicht, dass ich dir nachlaufen werde", lautete deshalb meine Antwort. Wenn sie etwas unternehmen wollte, sollte sie es eben jetzt sagen oder einfach nein sagen. Punkt. Und natürlich brachte meine Aussage sie auf die Palme. „Mir braucht niemand nachzulaufen. Mein Selbstvertrauen ist wirklich groß genug und noch größer. Ich brauche das nicht."

Ich entschuldigte mich halbherzig. Das Telefonat blieb unser letzter Kontakt an diesem Wochenende. Ich fuhr mit Cristiano Kitesurfen und hatte eine super Zeit am Strand. Klar fragte er zwischendurch mal nach, wie es eigentlich mit Alice lief. Ich zuckte mit den Schultern und meinte: „Wer weiß, ob da überhaupt noch was läuft." Er hörte sich die Story kurz an und schüttelte den Kopf: „Das ist vielleicht eine Drama-Queen. Aber Junge, mach nicht den Fehler zu denken, dass du hier wen fürs Leben findest. Der Grund, warum Leute und vor allem Frauen aus Asien hierherkommen, ist, Geld zu verdienen, um etwas bei sich zuhause aufzubauen. Die Zeiten, in denen Asiatinnen reichen Europäern nachgelaufen sind, sind vorbei."

Nachdem ich am nächsten Tag auf ein „Hey, alles klar?" keine Antwort bekam, versuchte ich mich langsam damit abzufinden, dass es wohl vorbei war. Und rational, wie ich war, überlegte ich, ob ich noch etwas bei ihr offen hatte. Klar, das Buch, das ich für sie aus den USA mitgebracht hatte, musste ich ihr noch geben, denn ich wollte mir nichts nachsagen lassen. Und etwas wehmütig schaute ich auf ein zweites Buch, das auf meinem Schreibtisch lag. Sein Titel war „Hectors Reise oder die Suche nach dem Glück" und ich hatte es ihr eigentlich erst zu Weihnachten schenken wollen.

Da ich aber nicht wusste, ob wir zu Weihnachten überhaupt noch miteinander reden würden, beschloss ich, es ihr zusammen mit dem anderen Buch zu geben – zur Sicherheit. Ich war überzeugt, dass ihr dieses Buch weiterhelfen könnte, denn egal, wie sie ihre Situationen drehte, ich konnte mir beim besten Willen nicht vorstellen, wie sie so auf Dauer glücklich sein könnte. Bevor ich beide Bücher in Tasche packte, schrieb ich noch eine kurze Notiz zu dem vorgezogenen Weihnachtsgeschenk. „Eigentlich solltest du dieses Buch erst unter dem Christbaum finden, aber jetzt scheint mir ein guter Zeitpunkt, es zu lesen. Mir gibt es immer viel Kraft und es rückt Dinge zurecht."

Am nächsten Tag spazierte ich gegen 10 Uhr mit zwei Paketen unterm Arm zum Knowledge-Gebäude. Nicht nur wegen Alice, sondern auch aus einem erfreulichen Anlass. Denn mein Kumpel Ismael aus der Finanzabteilung hatte vor Kurzem geheiratet und er war zum ersten Mal nach seinen Flitterwochen wieder im Büro. Da wollte ich ihm natürlich persönlich gratulieren und hatte ihm einen schönen Bilderrahmen gekauft. Er freute sich aufrichtig über meinen Besuch. „Mann, die Flitterwochen waren super. Du solltest auch heiraten. Würde dir guttun." Und als er das sagte, erhaschte ich über mehrere Bürokojen einen Blick auf Alices Hinterkopf.

Nachdem ich ihm zuliebe ein Stück Torte verzehrt und mich von ihm verabschiedet hatte, war der Moment gekommen, mein zweites Päckchen abzuliefern. Alice saß brav an ihrem Schreibtisch und hatte ihren falschen Arbeits-Dauergrinser aufgesetzt. Zuckersüß lächelte sie mich an. „Ich hab dein Buch dabei." Ich überreichte das Päckchen, das sie, ohne es näher zu betrachten, auf den Schreibtisch stellte. „Ist alles okay?", fragte ich sie, aber mehr als ein Nicken bekam ich nicht. Also machte ich mich auf den Weg in mein Büro.

Kurz nach Dienstschluss passte sie mich vor meinem Gebäude ab. „Ich möchte mich für beide Bücher bedanken. Das war sehr aufmerksam von dir." Ich nickte und fragte zum wiederholten Mal, ob zwischen uns wirklich alles in Ordnung sei. „Klar, warum denn nicht?", versuchte sie der Frage auszuweichen. „Naja, ich dachte, du wärst noch immer beleidigt wegen der Sache am Wochenende", bohrte ich nach, denn ich wollte dem Konflikt auf den Grund gehen. „Ich war weder beleidigt noch verärgert, für mich war die Sache sofort erledigt, nachdem ich dir meine Meinung gesagt hatte."

Das nahm ich ihr so nicht ab. „Und das war der Grund, warum du dich zwei Tage nicht gemeldet und meine Nachrichten ignoriert hast?" Natürlich hatte sie auch darauf eine passende Antwort: „Mein Gott, ich hatte PMS, da bin ich nicht zurechnungsfähig und glaub mir, du möchtest mich nicht wütend erleben." Das klang ziemlich gefährlich, vor allem in Verbindung mit ihrem stechenden Blick. „Hab ich dir nie erzählt, dass ich eine böse, verrückte Seite habe?"

Ich schüttelte den Kopf. „Du kennst doch den Film ‚Gone Girl', oder?" Natürlich kannte ich den Film, in dem eine Frau ihre Ermordung vortäuscht, um ihren Mann ins Gefängnis zu bringen. Wir hatten ihn sogar gemeinsam gesehen. „Mein Exfreund hat mal gesagt, ich sei das ‚Gone Girl' im echten Leben", meinte sie lachend. Das war nun wirklich kein Kompliment, auf das man stolz sein durfte. „Wirklich? Wie kommt er denn darauf?", fragte ich vorsichtig. „Wahrscheinlich, weil ich ihm auf einer Party im Marriott mit der Spitze meines Stöckelschuhs in sein hübsches Gesicht geschlagen und der Security gesagt habe, er hätte mich belästigt, sodass sie ihn rauswarfen."

Sie lachte hämisch. „Du hättest sein Gesicht sehen sollen, einfach unbezahlbar." Mir lief ein kalter Schauer über den Rücken, denn ich mochte mir gar nicht ausmalen, was dem armen Kerl passiert wäre, wenn ihn statt der Security die Polizei in die Finger bekommen hätte. In einem muslimischen Land der Belästigung beschuldigt zu werden, konnte böse enden. Ich traute mich kaum zu fragen, warum sie das getan hatte und ihre Antwort war so schaurig, wie ich es befürchtet hatte: „Mir war einfach danach."

19 Rules of an it-girl

„Ernsthaft?" Das war das erste, was Rebecca zu der Stöckelschuhgeschichte sagte. „Die ist doch schizophren, lauf lieber davon, bevor dir noch etwas passiert." Und tatsächlich war mir nach dem gestrigen Gespräch mit Alice nicht sehr wohl zumute. Auch ihre Anmerkung, dass sie zur Sicherheit immer ein Messer in der Handtasche habe, trug nicht gerade dazu bei, dass sich meine Sorgen in Luft auflösten.

Für meine Schwester war die Geschichte jedenfalls der Tropfen, der das Fass zum Überlaufen brachte. „Ich hab mich ja bis jetzt zurückgehalten, aber schau dir mal die Fakten an. Du opferst dich auf, sie zeigt dir die kalte Schulter und macht mit dir, was sie will. Sei mal ehrlich, was willst du auch von jemandem erwarten, der sein Kind zuhause bei der Mutter lässt, um im Ausland Karriere zu machen? Und komm mir nicht mit dem Geldargument, denn du hast mir ja erzählt, dass sie aus einer reicheren Familie stammt und ihr Exfreund sie und das Kind finanziell unterstützt. Glaubst du wirklich, sie nimmt sich Zeit für dich, wenn sie das nicht einmal für ihr eigenes Kind tut?"

Das war ein Thema, das ich bisher ignoriert hatte, weil ich fand, dass es mich nichts anging. Aber natürlich hatte Rebecca recht, Alice hatte sich auch nach der Geburt von Enzo nicht davon abhalten lassen, sich im Job zu verwirklichen. Während andere alleinerziehende Mütter wohl zuhause geblieben wären oder zumindest versucht hätten, so viel Zeit wie möglich in die Erziehung des Kindes zu investieren, stand für sie weiterhin die Karriere im Mittelpunkt und nichts hielt sie davon ab, die Position öfter zu wechseln, wenn sie dadurch auf der Karriereleiter einen weiteren Schritt nach oben machen konnte.

„Alles was für Alice zählt, ist Alice." Ich wusste, dass die Indizien klar dafür sprachen, aber musste sich unter der rauen Schale nicht auch ein weicher Kern verbergen? „Glaubst du nicht, dass das alles nur eine Form von Selbstschutz ist?", fragte ich meine Schwester, aber das sah diese inzwischen nicht mehr so. „Sie war Schönheitskönigin, von klein auf gewohnt, im Mittelpunkt zu stehen und das wird sich wohl nie ändern."

„Ich weiß, dass du nicht der größte Social-Media-Experte bist, aber vielleicht solltest du einen Blick auf ihren Blog werfen", meinte Rebecca und schickte mir im selben Atemzug den Link zu „Alices Wunderland". Dort sprangen mir sofort eine Reihe von Bildern, Reisetipps, Modetipps, Essenstipps und vieles mehr entgegen. „Schau dir bitte einmal den Eintrag ,I'm not crazy, I'm confident' an."

Und das tat ich.

„I'm not crazy, I'm confident

Das Leben lehrt einen ständig Lektionen. Das Wichtigste ist, dass man aus ihnen Schlüsse zieht und weiß, wonach man sich im Leben richten soll. Nicht jeder mag dieselben Werte und Vorstellungen haben, aber das ist auch nicht wichtig. Für mich habe ich jedenfalls die folgenden Glaubenssätze formuliert, nach denen ich mein Leben lebe.
- *Selbstvertrauen geht über alles. Und wenn du es nicht hast, dann spiel es vor!*
- *Wenn du weißt, was du willst, ordne alles deinen Zielen unter, bis du sie erreicht hast. Lass die Emotionen und Ablenkungen außen vor und bleib fokussiert. Nur Schwächlinge zeigen Gefühle!*
- *Such dir Leute, die dich inspirieren. Verschwende keine Zeit mit Menschen, die nichts Positives in dein Leben bringen. Sie sind es nicht wert.*

- Sei dankbar für deine Familie und Freunde. Halte sie nicht für gegeben und zeig ihnen, dass sie dir wichtig sind.
- Teile bei einem Date immer die Rechnung. Lass dich auf nichts einladen, denn du bist finanziell unabhängig und brauchst niemandem etwas schuldig sein.
- Nimm dir, was du willst, wenn du es brauchst. Männer werden ein charmantes Angebot kaum ablehnen.
- Es ist okay, die Liebe zu suchen, aber das Wichtigste ist, dass du dich selbst liebst. Und dafür brauchst du keinen Mann.
- Wenn die Beziehung funktioniert, ist es gut, wenn nicht, dann weiter zum Nächsten. Erspar dir Konflikte und Drama. Das kostet zu viel Energie. Und jeder Mann ist austauschbar.
- Sexy High Heels sind immer eine gute Investition. Wer weiß? Vielleicht retten sie ja einmal dein Leben ;)
- Behandle andere immer mit Respekt. Damit liegst du nie falsch."

„Noch Fragen?", meinte meine Schwester, die mit mir jeden Punkt der Liste am Telefon durchgegangen war. Klar, einige der Dinge, die hier standen und die Alice vorgab zu tun, waren von der Realität meilenweit entfernt, andere ergaben aber durchaus Sinn und boten einen guten Einblick in ihre Psyche. „Geht es vielleicht noch ichbezogener?" Nein, ging es tatsächlich nicht, aber ich fragte mich, ob sie diese Dinge nicht auch schrieb, weil sie einfach Teil ihres Images als „It-Girl" waren. Immerhin hatte sie auf ihren Online-Channels tausende Followers und anhand der Kommentare konnte man erkennen, dass sich viele junge Frauen ein Beispiel an ihr nahmen.

„Verwechsle ja nicht selbstbewusst mit selbstverliebt, denn das ist sie und nichts anderes", versuchte meine Schwester, mir weiter ins Gewissen zu reden. Diese Dinge brachten mich natürlich immer weiter ins Grübeln. Dass Alice eine komplexe Persönlichkeit war, konnte keiner bestreiten und dessen war sie sich auch selbst bewusst. Aber bei allem Verständnis fragte ich mich, wie es möglich sein könnte, auf lange Sicht damit umzugehen.

Um mich abzulenken, verabredete ich mich mit meiner Freundin Kim auf einen Kaffee bei Costa. Sie war lesbisch und aus dem gleichen Land wie Alice. Vielleicht wusste sie einen Rat. Sie hörte sich die Story mit den ichbezogenen Lebensregeln aufmerksam an und grinste. „Ich bewundere sie. Sie scheint eine sehr starke Frau zu sein, die genau weiß, was sie will." Ich hatte mir von ihr eine solche Reaktion fast erwartet, denn auch ihr Männerbild war von Haus aus nicht das beste und sie war schon immer ein Fan von selbstbewussten Frauen.

„Aber seien wir ehrlich. Sie sagt oft das eine und tut dann genau das Gegenteil. Es ist ein Drama nach dem anderen", merkte ich dazu an. Kim fing an zu lachen. „Du darfst nicht vergessen, dass du mit einer Asiatin zu tun hast. Wir lieben Drama und streiten gerne und möchten wie Prinzessinnen behandelt werden. Und wenn ein Mann oder eine Frau das nicht tut, dann ist sie oder er für uns erledigt."

Das mochte zum Teil eine Erklärung dafür sein, dass viele meiner Bekannten, die etwas mit Asiatinnen hatten oder gehabt hatten, sie als sehr anspruchsvoll beschrieben. Anderseits wusste ich, dank meiner Erfahrungen mit Mae, dass es auch Ausnahmen gab. Alice gehörte aber sicher nicht dazu. Trotz allem konnte ich mir immer noch nicht vorstellen, dass sie so gefühlskalt war, wie sie momentan wirkte. Wenn man ihr Herz schon nicht zum Schmelzen bringen konnte, musste es doch zumindest Mittel und Wege geben, es etwas zu erweichen, damit sie im Umgang mit mir etwas netter und menschlicher würde.

Ein zugegebenermaßen schwieriges Unterfangen. Dazu fiel mir ein Zitat aus Lewis Carrolls Roman „Alice im Wunderland" ein: „Wenn du nicht weißt, wohin du willst, dann ist es egal, welchen Weg du nimmst." Dieser Satz der Grinsekatze spiegelte ganz gut die Ratlosigkeit wider, die ich im Moment empfand.

20 Keeping it classy

Sie tat mir einfach leid. Das Selfie, das sie mir gerade geschickt hatte, war bedenklich. Alice war offensichtlich immer noch im Büro. Stunden nach dem offiziellen Dienstschluss. Mit der Hand stützte sie ihren Kopf und ihre großen Rehaugen blickten wehmütig in die Kamera. Sie waren wässrig. „Hey, alles klar? Hast du geweint?" Natürlich war sie im nächsten Moment wieder offline. Schwer zu sagen, ob sie einfach nur mal zwischendurch Aufmerksamkeit erhaschen wollte oder ob das ihre Art war, um Hilfe zu fragen.

Jedenfalls musste ich etwas tun. Ich zerbrach mir auf der Fahrt ins Stadtzentrum den Kopf, wie ich sie aus diesem „Die Arbeit macht mich fertig"-Trott rausbringen konnte. Ich hatte mich nach Dienstschluss in den dichten Verkehr gestürzt, um Anna zu treffen. Obwohl wir uns noch nie gesehen hatten, war so etwas wie eine Freundschaft zwischen uns entstanden. Schließlich war es rührend, wie sie sich aus der Ferne, in ihrer ungarischen Heimat, um mich gekümmert hatte, als ich krank war. Sie war wohl einfach ein guter Mensch.

Nun war sie auf dem Sprung nach Dubai, wo ein neuer Job auf sie wartete, eine Managementposition in einem Fitnessunternehmen. Sie war für ein paar Tage nach Abu Dhabi gekommen, um private Dinge zu regeln. Das traf es ziemlich genau, denn die neue Stelle stellte auch ihren Freund, einen Kreuzfahrtschiffcaptain und sie vor eine große Herausforderung. „Er hat sich Tage nicht gemeldet, vielleicht sollte ich die Sache abhaken", hatte sie mir öfter erzählt. „Aber ihr seid doch offiziell zusammen, oder?", fragte ich immer nach, und wenn sie das dann bejahte, beschwichtigte ich sie stets: „Dann mach dir keine Sorgen."

Die Sache war aber doch etwas komplizierter. Zum einen hatte sie eigentlich vorgehabt, sich, nachdem sie ihren Job in Abu Dhabi verloren hatte, selbstständig zu machen und eine Fitnessfirma zu gründen, die sich auf Home-Training spezialisieren sollte. Im Grunde stand alles schon fest, doch dann kam über LinkedIn ein Angebot aus Dubai, das finanziell zu überzeugend war, um es abzulehnen. „Noch dazu vor dem Hintergrund, dass ich zuhause praktisch arbeitslos bin." Ich schluckte. In so einer Situation war ich noch nie gewesen. Ich hatte noch nie Angst gehabt, keinen Job zu finden. Wahrscheinlich war das branchenabhängig.

Sie war genauso herzlich, wie ich sie mir vorgestellt hatte. Ruhig, besonnen, aber auch fokussiert, jemand, der Dinge auf den Punkt brachte. „Warum deine Bekannte nicht für dich da war, als du ins Krankenhaus musstest, verstehe ich bis heute nicht", schüttelte sie den Kopf, als das Thema auf unser Liebesleben kam. Es fiel auch mir schwer, Alice zu verteidigen. „Sie hat Angst vor Commitment", klang auch wirklich etwas abgedroschen. Anna meinte, dass heutzutage leider viele so tickten. Keiner wolle mehr ein Risiko eingehen.

Anna hatte zudem Angst um ihren Freund, was auch damit zusammenhing, dass eine gemeinsame Bekannte immer mehr versuchte, sich in sein Leben zu drängen. Sie wohnte im gleichen Tower, war frisch geschieden und suchte offenbar nach einem Ersatzvater für ihre zwei kleinen Kinder. „Aber ich will, dass das mit meinem Freund auch funktioniert, wenn wir örtlich getrennt sind. Ich habe auch einen Plan." Und sie zückte einen Zettel, auf dem sie mit der Hand mehrere Punkte aufgeschrieben hatte. „Das sind die Regeln, die ich mir für unsere Fernbeziehung überlegt habe. Die werde ich vor meiner Abreise mit ihm durchgehen, und wenn wir uns daran halten, bin ich überzeugt, dass es funktionieren wird."

Vielleicht hätten Alice und ich uns auch so eine Liste überlegen sollen. Denn das, was zwischen uns lief, hatte mit „casual" eigentlich nicht mehr viel zu tun. Im Grunde missbrauchten wir das Wort, um Sachen zu tun, die einer normalen Beziehung ähnelten und wir hatten leider bereits gegen die meisten Regeln einer solchen zwanglosen Beziehung verstoßen: Man sollte keine intimen Geheimnisse teilen, nicht über Nacht bleiben und schon gar nicht Pärchensachen machen oder einander Geschenke bereiten. Wir waren uns zu nahe und das machte Alice vielleicht auch etwas Angst. Aber das konnte man jetzt auch nicht so einfach wieder abstellen. Es war eben so, wie es war, wir waren so, wie wir waren.

Als wir so dasaßen im Jones the Grocer in der Great Mall und über unsere Beziehungen grübelten, hatte ich plötzlich eine Idee, wie ich Alice vielleicht doch aus ihrem emotionalen Schneckenhaus locken könnte. Ich würde ihr einen Abend bereiten, den sie so schnell nicht vergessen würde. Ein romantisches Dinner in einem Zelt in der Wüste würde ich organisieren. Sie hatte mir nämlich erzählt, dass sie so etwas schon immer gerne machen wollte, aber bisher noch nie die Möglichkeit dazu gehabt hatte. Und von Cristiano hatte ich den Kontakt einer Catering-Firma, die sich darauf spezialisiert hatte. Vom Shuttle in die Wüste, über das Essen und Live-Musik bis zur Heimfahrt würde alles durchorganisiert sein. Vielleicht konnte Alice bei gutem Essen, Wein und Sternenhimmel endlich mal abschalten. Anna pflichtete mir bei. Jetzt ging es nur noch darum, die Einladung zu diesem Dinner originell zu gestalten.

Die Einladung als Chat-Nachricht zu schicken, war irgendwie billig, und als ich mich von Anna verabschiedet hatte, fragte ich Rebecca um Rat. „Kannst du nicht einen Kollegen bitten, ihr die Einladung auf den Tisch zu legen, damit sie sie in der Früh findet?" Das würde ich schon selbst machen, schließlich wusste bei der Arbeit niemand, dass wir uns kannten. Ich fragte meine Schwester, ob ich eine schöne Einladungskarte besorgen sollte. „Bei jeder anderen würde ein einfacher Brief reichen, aber für ein It-Girl ist eine Hallmark-Karte wohl angemessener." Ich registrierte ihren Sarkasmus, wusste aber auch, dass sie es nur gut mit mir meinte.

Der nächste Hallmark-Store war nur wenige Gehminuten entfernt und dort angekommen, hatte ich die Qual der Wahl, denn es gab hunderte verschiedene Karten zu den unterschiedlichsten Themen. Und Rebecca war inzwischen in Meetings, also musste ich alleine entscheiden. Es bedurfte einer ganzen Weile, bis ich die passende Karte gefunden hatte. Auf der Vorderseite war ein

Cupcake abgebildet, und ich dachte mir, das passe doch perfekt für so eine anspruchsvolle Frau wie Alice.

Mit der Karte bewaffnet, steuerte ich auf den nächsten Starbucks zu, bestellte einen Iced Latte, setzte mich in eine Ecke und zückte meinen Kugelschreiber. Ich überlegte und überlegte, tippte zuerst einige Entwürfe in mein Handy und änderte immer wieder Kleinigkeiten, bevor ich meinen „Final Draft" für ein Feedback an Rebecca schickte. Zurück kam ein großer Daumen nach oben und das Wort: „perfekt". Also begann ich, meine Idee zu Papier zu bringen.

EINLADUNG

Liebe Ms. Fernandes,
um zu würdigen, dass Sie eine weitere Woche in dieser verrückten Stadt überstanden haben,
möchte ich Sie herzlich einladen zu einem
TAUSEND-UND-EINE-NACHT-DINNER

Ort: Ein Zelt in der Wüste
Zeit: Das Shuttle holt sie am Donnerstag, 20 Uhr, zuhause ab*

MENÜ:
\# Auswahl traditioneller Köstlichkeiten
\# Eine oder mehr Flaschen importierter Wein
\# Vielleicht sogar die Lieblingsnachspeise des Gasts

BRINGEN SIE BITTE MIT:
\# Ihr schönstes Lächeln
\# Vorfreude auf qualitativ hochwertige Zeit in guter Gesellschaft und entspannter Atmosphäre

Ich freue mich darauf.

*PS: Sollten Sie zum vorgeschlagenen Zeitpunkt verhindert sein, steht es Ihnen frei, das Dinner innerhalb des Wochenendes nach Wunsch zu verschieben.

Perfekt. Ich war stolz auf meine Idee und die Karte sah gut aus. Ich steckte sie ins Kuvert und schrieb Alices Namen auf die Vorderseite. Jetzt musste ich sie nur noch auf ihrem Tisch platzieren. Das sollte kein Problem sein, denn mit meiner ID-Karte kam ich in jedes Gebäude auf dem Campus, wobei man nie genau wusste, wie die Security-Leute gerade drauf waren. Und natürlich konnte ich nicht aufkreuzen, wenn Alice oder einer ihrer Kollegen noch da waren.

Wie auf Befehl piepte mein Handy. Es war Alice, die nach Stunden meine SMS endlich beantwortete: „Nein. Ich weine nie. Das ist mein übliches Ich-bin-fertig-Gesicht." Und als sie erwähnte, dass sie inzwischen auf dem Nachhauseweg sei, änderte ich meine Taxiroute und steuerte im schlimmsten Verkehr, den ich je erlebt hatte, auf den Knowledge-Tower zu. Ich stieg aus und war froh, dass ich noch meine Arbeitskleidung trug, denn der schwarze Anzug und das schwarze Hemd sahen so „bossy" aus, dass niemand fragen würde, was ich um diese Uhrzeit hier machte.

Ich steckte das Kuvert in die Innentasche meines Sakkos, streckte die Brust raus und marschierte in das Gebäude. Ich nickte dem Security Guard zu, wie ich es jeden Tag tat, hielt meine ID zum Scan hin und die Glastüre öffnete sich. Zielsicher steuerte ich auf den Lift zu und drückte den Knopf für den zweiten Stock. Dort angekommen, betrat ich das Großraumbüro, in dem hunderte Menschen arbeiteten. Weit und breit war niemand zu sehen. Zum Glück war Alices Arbeitsplatz ziemlich weit vorne und ich positionierte das Kuvert unübersehbar vor ihrem Bildschirm.

Zufrieden spazierte ich zum Ausgang. Ich hatte meinen Job erfolgreich ausgeführt und musste grinsen. Das hatte ein bisschen was von James Bond gehabt. Ich freute mich jetzt schon auf Alices Reaktion.

21 Take it or leave it

Ich hatte mich selten morgens so sehr auf mein Büro gefreut. Das hatte natürlich nichts mit der Arbeit zu tun. Ich wünschte, ich könnte ihr Gesicht beim Öffnen der Einladung sehen. Meine Idee war einfach zu gut gewesen. Sie könnte gar nicht anders, als sich zu freuen. Davon war ich überzeugt.

Kaum war ich durch den Eingang des Medien-Towers spaziert, piepte auch schon das Handy. „Hast du dich etwa heimlich in mein Büro geschlichen?", lautete ihre Frage. Ich grinste und tippte: „Ich dachte, das hätte Stil." Von ihr kam als Antwort ein Zwinkersmiley und ein kurzes: „Ach, du Dummchen." Und das war's. Das war vorerst die ganze Reaktion auf eine zugegeben romantische Aktion, in deren Planung, Vorbereitung und Ausführung ich viel Zeit und Energie gesteckt hatte.

Und ich konnte nichts machen, nein, durfte nichts machen. Mein letztes bisschen Stolz musste ich mir bewahren. Sie hatte die Einladung bekommen. Jetzt war sie am Zug. Punkt. Und die Stunden vergingen und nichts passierte. Auch wenn ich mir einredete, cool zu bleiben, und versuchte, mich in die Arbeit zu vertiefen oder durch lange Spaziergänge am Medien-Campus abzulenken, es wollte mir einfach nicht gelingen. Warum war sie nicht fähig, normal auf etwas zu reagieren? Warum musste sie bei jeder Kleinigkeit beweisen, wie stark sie war?

Meine zunehmend schlechte Laune blieb auch meinem Umfeld nicht verborgen. Wie jeden Tag liefen mir dutzende Leute in den Redaktionsräumen und im Gelände über den Weg und einer nach dem anderen grüßte mich mit der amerikanischen Floskel: „Hallo, wie geht's?" Allerdings musste man den Leuten hier zugutehalten, dass sie es zum Teil gar nicht so oberflächlich meinten wie ihre US-Kollegen. Obwohl ich immer mit „Gut" antworte, kam manchmal die Rückmeldung „Bist du sicher?"

Zu allem Überfluss fand an diesem Tag auch wieder eine Brandschutzübung statt. Das bedeutete, dass alle Mitarbeiter sofort ins Freie mussten, um sich an den markierten Treffpunkten zu versammeln. Es war immer ein großes Spektakel und gleichzeitig ein nettes „Get Together", bei dem sich Manager und Mitarbeiter vermischten und ein bisschen plaudern konnten. Für meine Abteilung war das kein großer Aufwand, da sich unsere Büros im Erdgeschoss befanden, aber die Jungs im fünften Stock keuchten ganz schön, als sie auf dem Parkplatz eintrafen, denn den Aufzug durfte man im Brandfall natürlich nicht benutzen.

„Der zweite Alarm innerhalb einer Woche. Was soll das denn bringen?", ärgerte sich Morten, einer der Leidtragenden aus einem oberen Stockwerk. Als er mich erblickte, wirkte er erstaunt: „Mann, hast du abgenommen. Wie hast du denn das gemacht?" Ich zuckte mit den Achseln. Ich wusste es nicht, denn ich hatte nichts anders gemacht als sonst: die gleiche Ernährung, derselbe Trainingsplan ... nur der psychische Stress war dank Alice in den letzten Wochen erheblich gestiegen.

Und weil ich an diesem Tag keine große Lust auf Gespräche hatte, spazierte ich nach Dienstschluss ins nahegelegene Einkaufszentrum und setzte mich dreieinhalb Stunden ins Kino, um mir zum zweiten Mal „Spectre" anzuschauen. Dieses Mal fand ich den Film um Längen besser, was vermutlich damit zusammenhing, dass ich nicht wie beim ersten Mal die Hälfte des Filmes verschlief.

Wollte ich von James Bond etwas lernen, dann das, dass er einfach sein Ding durchzog. Er wusste, was er wollte und tat, was nötig war, um es zu bekommen, ohne Rücksicht auf Verluste. Diese Lektion konnte auch ich mir zu Herzen nehmen, denn wenn ich ehrlich war, sah ich, dass die Beziehung mit Alice so nicht funktionierte. Im Gegenteil. Statt Spaß hatte ich Kummer.

Dazu passte auch das Gespräch, das ich mit Rebecca zwischen ihren Meetings hatte. „Sie hat bis jetzt nicht auf die Einladung reagiert? So eine Bitch. Ganz ehrlich, nach allem, was du mir über sie erzählt hast, kann ich nur sagen: Nimm die Beine in die Hand und lauf!" Wahrscheinlich hatte sie recht, aber noch konnte ich es nicht. Ich war überzeugt, dass Alice mich tief im Inneren doch schätzte und eben eine Verteidigungsstrategie verfolgte, um nicht verletzt zu werden.

Rebecca sah das nicht so. „Klar ist es gut für dein Ego, mit der ehemaligen Schönheitskönigin und toughen Businessfrau zusammen zu sein. Und an den guten Sex hast du dich auch gewöhnt. Aber sei ehrlich zu dir selbst. Das hat doch keine Zukunft. Glaubst du tatsächlich, dass sie dir jemals mehr Aufmerksamkeit schenken wird als ihrem Kind, das sie zuhause bei ihrer Mutter gelassen hat, um ihre Karriere zu verfolgen? Alles, was Alice wichtig ist, ist Alice. Du kannst froh sein, wenn du ohne Stöckelschuh im Gesicht aus der Affäre rauskommst."

Der Tag sollte sogar noch seltsamer werden. Was diesmal zur Abwechslung aber nichts mit dem „It-Girl" zu tun hatte. Ich fiel am Abend müde ins Bett, wusste aber gleichzeitig, dass die Chancen auf ein paar Stunden Schlaf Wunschdenken bleiben würden. Als ich auf die weiße Zimmerdecke starrte, piepte mein iPhone. Aber es war nicht Alice. Zu meiner großen Überraschung war es Julia.

Wer ist Julia? Gute Frage. Als ich vor knapp vier Jahren in Köln bei einer Film- und TV-Produktionsfirma gearbeitet hatte, war ich unter anderem auch für eine Gruppe von Praktikanten zuständig gewesen, die am Wochenende bei TV-Produktionen mithalfen. Julia war damals gerade einmal 15 Jahre alt, sehr schlau und motiviert. Sie nutzte jede Möglichkeit, um mein Team auch unter der Woche zu begleiten.

Wir hatten uns gut verstanden. Ich hatte den Eindruck, dass sie wirklich etwas lernen wollte und sich jeden Rat von mir zu Herzen nahm. Eines Abends traf ich sie zufällig in der Innenstadt, als ich mit meiner damaligen Freundin – interessanterweise eine Deutsche mit asiatischen Wurzeln, auf dem Nachhauseweg war. Julia versuchte sehr übertrieben, einen auf Kumpel zu machen.

Aber ich dachte mir nichts dabei, obwohl mir meine Exfreundin sagte, dass Julia sich in mich verguckt habe.

Als das Praktikum vorbei war, dachte ich, dass ich nichts mehr von Julia hören würde. Das hätte auch gestimmt, wenn da nicht ihr Anruf vor drei Jahren zu Silvester kurz nach Mitternacht gewesen wäre, bei dem sie mir nicht nur ein gutes neues Jahr wünschte, sondern mich auch zu sich nachhause einlud. Ein Angebot, das ich natürlich nicht annahm. Umso mehr erstaunte es mich, jetzt – drei Jahre später – von ihr zu hören. Ihre Nachricht: „Können wir bitte skypen? Es ist wichtig" ließ viel Raum für Interpretation. War alles in Ordnung? Hatte sie so große Probleme, dass sie nicht mehr wusste, an wen sie sich wenden sollte, und kam als letzten Ausweg auf mich?

Ich rief sie an, aber von Problemen war nichts zu hören. Sie war inzwischen neunzehn und hatte an der Kölner Filmhochschule zu studieren begonnen. Sie erzählte mir, was in der Zwischenzeit bei ihr so passiert war, was aus den anderen Praktikanten geworden war, fragte mich, wie es mir so ergangen war. Im Grunde ein harmloses „Catching up". Dachte ich mir zumindest, als das Skype-Gespräch beendet war. Eine Minute später vibrierte das Handy. Eines wollte Julia doch noch loswerden und der Satz hatte es wirklich in sich: „Ich kann nicht aufhören, an dich zu denken."

Ich war verblüfft. Wie war das nur möglich? Wir hatten uns seit vier Jahren nicht gesehen, der Altersunterschied betrug 15 Jahre und ich war mehrere tausend Kilometer entfernt. „Ich kann es auch nicht genau erklären. Aber es ist so", lautete ihre Antwort. Ich war natürlich geschmeichelt. So oft bekam man von einer hübschen jungen, viel zu jungen Frau kein Liebesgeständnis. Aber trotz all der Hormone, die in meinem Körper gerade umherschwirrten, konnte ich darauf nicht einsteigen. Auch, wenn sie das nicht verstehen würde.

„Das schmeichelt mir, aber wir sind leider einfach zu weit auseinander. Altersmäßig und geografisch. Außerdem hab ich hier jemanden." Das musste sie wohl oder übel akzeptieren. Wobei ich mich fragte, ob es wirklich so war. Wie konnte ein Mädchen, das so weit weg war, das mir in den letzten Jahren nur per Facebook gefolgt war, solche Gefühle für mich entwickeln, während Alice nicht einmal in der Lage war, auf eine simple Ja-oder-Nein-Frage zu antworten, bei der es lediglich um ein Abendessen ging?

Beim Training am nächsten Morgen war ich schlecht drauf. Ich war schlapp und Imre war darüber gar nicht erfreut. „Wieder mal nicht geschlafen, oder? Mann, die Frau tut dir nicht gut. Schieß sie ab und such dir eine Neue." Und auch Dax, den ich in der Früh zufällig in der Cafeteria traf, blies ins selbe Horn: „Sie klingt nach Kopfweh. Sie zieht zwar die Fäden, will sich aber auch nicht festlegen. Warte nicht auf sie." Und er wusste, wovon er sprach, war er doch in seiner Zeit hier mit mehreren Frauen aus Thailand oder den Philippinen ausgegangen. „Sie kommen von einer kleinen Insel hierher, sehen den Reichtum und wissen, dass sie hübsch sind. Einige von ihnen nutzen das aus und werden extrem fordernd." Ich fragte ihn, wie er dieses Problem in der Vergangenheit gelöst hatte. Er lächelte. „Gar nicht. Irgendwann habe ich die Geduld verloren und Abstand genommen."

Wohl der beste Rat. Vielleicht war es an der Zeit, die Reißleine zu ziehen. Ich hatte mein Bestmögliches versucht, aber es hatte wohl nicht gereicht. Ich wartete, bis Alices Dienstzeit zu Ende war. Und nachdem ich bis dahin noch immer keine Antwort bekommen hatte, schrieb ich ihr: „Alice, wenn du nicht mehr vorhast, Zeit mit mir zu verbringen, ist das kein Problem für mich. Wir können ganz erwachsen damit umgehen, du musst es nur sagen. No hard feelings." Und als ich die Nachricht abgeschickt hatte, war ich erleichtert.

Interessanterweise kam darauf umgehend eine Antwort: „Bin grad in einem Meeting. Melde mich später." Und das tat sie auch. Und wie. Sie klang wütend. „Im Gegensatz zu dir habe ich keine Zeit, in der Arbeitszeit dauernd zu chatten. Und wenn du damit nicht klarkommst, dass mein Job viel Zeit in Anspruch nimmt, dann mach lieber alleine weiter." Dass ihr Job als Sündenbock für alles herhielt, war nicht neu. Aber ihr Verhalten hatte nichts mit ihrem Job zu tun und das sagte ich ihr auch: „Ich habe dich stets unterstützt, damit du in deinem Job das Maximum rausholst, weil ich weiß, dass er für dich Priorität hat. Aber manchmal wäre gut, ein ‚Ja' oder ‚Nein' von dir zu hören, denn ich kann keine Gedanken lesen."

Danach war logischerweise erst einmal Funkstille und ich konnte mir gut vorstellen, dass das das Letzte war, was wir voneinander hören sollten. Doch so kam es nicht. Kurz darauf meldete sie sich: „Ich komme morgen bei dir vorbei." Ich wollte das nicht groß kommentieren und fragte nur wann. „Nach dem Mittagessen." Ich war gespannt.

22 Another waiting game

Das viele Grübeln hatte mich ausgelaugt. Ich hatte einfach nicht mehr so viel Energie übrig, um ständig darüber nachzudenken, wie Alice wohl gerade drauf war oder wann sie zu erscheinen gedachte. Nach dem Mittagessen, hatte es ja geheißen und mit diesem Zeitfenster konnte ich umgehen, denn noch einmal genauer nachfragen wollte ich wirklich nicht.

Es war ein winterlicher Freitagmorgen in Abu Dhabi, die Temperatur lag bei 25 Grad. Ich verbrachte nicht viel Zeit im Bett, denn um neun Uhr tagte wieder der Breakfast Club. Diesmal bei Richie's an der Strandpromenade hinter Tower 31, in dem Dax wohnte.

Die meisten, die Fotos vom ersten Breakfast Club auf Facebook gesehen hatten, mussten denken, wir lebten im Paradies. Damit lagen sie gar nicht so falsch: Jumeirah war Abu Dhabis Nobelwohngegend, sah aus wie gemalt und von Wüste und Baustellen war man hier abgeschottet. Daher waren mir auch die 35 Minuten Taxifahrt dorthin nicht zu mühsam. Für einen kleinen Teil vom Paradies tat ich das nur zu gerne.

Die Gruppe war auch diesmal bunt gemischt und es waren einige neue Gesichter dabei: Steve zum Beispiel, ein Anwalt aus Australien, der sich gemeinsam mit Francis ein Speedboat gekauft hatte. Fußball und Rugby waren auch diesmal die prägenden Themen der Runde, was kaum verwunderlich war, denn bis auf mich stammten alle aus England, Australien oder Südafrika. Der

Südafrikaner Justice schaute nach etwa einer Stunde mit Amanda im Schlepptau vorbei. Auf ihr Drängen hin setzten sie sich an einen Extratisch.

Viele dachten, Amanda und Justice seien ein Paar, aber tatsächlich waren sie das nicht. Sie war einer Beziehung zwar nicht abgeneigt, aber er wollte es lieber auf einer freundschaftlichen Ebene halten. Einmal soll etwas zwischen beiden gelaufen sein, aber das war's dann auch. Allerdings war sie seither nicht mehr von seiner Seite gewichen. Die Zwei wohnten nebeneinander, fuhren gemeinsam zur Arbeit und wieder nachhause und arbeiteten noch dazu in derselben Abteilung. Klar wollte man es sich da nicht miteinander verscherzen. Aber er litt darunter. Er war ein paarmal mit einer Bekannten von mir ausgegangen, aber daraus wurde letztendlich nichts, weil seine Angst vor Amandas Reaktion einfach zu groß war – auch nicht gerade die einfachste Beziehung und ich konnte mir schon vorstellen, dass er irgendwann in einem schwachen Moment offiziell mit Amanda zusammenkommen würde.

„Und was steht bei dir heute noch auf dem Programm?", meldete sich Francis, der mir gegenübersaß. Ich zuckte mit den Schultern. „Möglicherweise kommt später ein Mädchen bei mir vorbei." Ich verwendete bewusst die Möglichkeitsform, denn sicher war ich mir bei Alice schon lange nicht mehr. Er nickte und merkte an, wie lange es schon her sei, dass er in der Datingwelt unterwegs war. Er war ein cooler, smarter Typ aus Liverpool, der schon dort mit Dax zusammengearbeitet und auch seine Frau dort kennengelernt hatte. Ich dachte, dass ich nichts dagegen hätte, Dating – besonders in seiner derzeitigen Ausprägung – gegen etwas Beständiges wie Ehe einzutauschen. Aber davon war ich wohl noch sehr weit entfernt.

Ich wollte mich nicht stressen lassen, aber je näher der kleine Uhrzeiger in Richtung 12 rückte, desto schneller stopfte ich mir das Frühstück in den Mund. Um halb zwölf sagte meine innere Uhr, dass es Zeit war, ein Uber-Taxi zu rufen. Es hätte ja sein können, dass Alice früh zu Mittag isst und ich wollte sie natürlich nicht vor verschlossenen Türen stehen lassen. Also schnell mal in die Runde gewinkt, rein ins Taxi, Beats-Kopfhörer aufgesetzt und in Endlosschleife „El Perdón" von Nicky Jam und Enrique Iglesias gehört. Ich wusste, dass das auch bei ihr gerade auf und ab lief. Im Musikvideo war ja auch ihre „Doppelgängerin" zu sehen.

Zuhause angekommen, stand ich nun vor der Aufgabe, mir die Wartezeit zu vertreiben. So versuchte ich, es mir zuerst im Bett gemütlich zu machen und Serien zu streamen. Ich konnte mich aber nicht entscheiden – irgendwie war mir nach gar nichts zumute. So beschloss ich, die Zeit für Hausarbeit zu nützen. Dummerweise war aber nicht viel Wäsche zu bügeln und so stand ich eine halbe Stunde wieder vor der Frage: was tun?

Also stellte ich doch den Laptop auf den Wohnzimmertisch, suchte die letzte Folge von „Sleepy Hollow" und machte es mir auf der Couch gemütlich. Eine halbe Stunde später wachte ich wieder auf. Der Stress der letzten Tage hatte also doch Spuren hinterlassen. Ein Blick auf die Uhr verriet, dass es bereits nach zwei Uhr war. Nein, jetzt wollte ich noch nicht nachfragen, auch wenn ich mich mittlerweile fragte, wie spät man eigentlich zu Mittag essen konnte. Vielleicht ein Fall von anderer Kultur, anderen Sitten?

Kurz vor drei schickte ich eine Nachricht und dachte: Muss das wirklich sein? Kurz darauf ihre Antwort: „War grad im Saloon. Willst du heute ausgehen?" Nein, wollte ich nicht. Nachdem wir uns zwei Wochen nicht gesehen hatten, war doch ein bisschen Zweisamkeit nicht zu viel verlangt. Diplomatisch antwortete ich: „Eher nicht, aber vielleicht kannst du mich ja überreden, wenn du da bist."

Sie meinte, sie sei noch kurz in der Landmark Mall shoppen und würde sich dann melden, sobald sie auf dem Weg zu mir sei. Als sie das schrieb, war es drei Uhr. Die Stunden vergingen und nichts passierte. Ich drehte meine Runden in der verlassenen Wohnung, spielte Gitarre, bis meine Finger Schwielen hatten. Alice wusste wirklich, wie man mich in Rage brachte. Und dieses Wartenlassen passte zu ihr, damit hatte sie schließlich Erfahrung. Zu unserem ersten Treffen war sie eine halbe Stunde zu spät gekommen, zu unserem ersten Date eine knappe Stunde.

Und vielleicht war das heute auch nur eines ihrer Spielchen. Solche Aktionen passten perfekt zu ihr. Ein Rachezug für unsere gestrige Diskussion? Kurz vor sechs Uhr legte ich die DVD von „Fräulein Smillas Gespür für Schnee" ein. „Dann schau ich den Film eben alleine an", dachte ich mir. Die vielen Gedanken, die mir durch den Kopf schossen, machten den Film um einiges weniger unterhaltsam. Ich konnte nicht ruhig liegen und spazierte zwischendurch immer wieder durchs Zimmer.

Ich fragte mich langsam, ob ich von Alice abhängig sei, weil ich mir vorkam wie ein Hund, der ungeduldig auf die Rückkehr seines Frauchens wartete. Der Gedanke, dass sie gar nicht kommen würde, wurde immer größer, und mit ihm mein Ärger. Warum war sie nicht in der Lage, wie jeder andere Mensch zu sagen: „Ich komme um 18 Uhr", zum Beispiel? Damit würde sie mir auch die Möglichkeit geben, etwas mit meinem Tag anzufangen, anstatt stundenlang zu warten und in der Wohnung Runden zu drehen.

Als der Film zu Ende war, war ich zu dem Schluss gekommen, dass er wohl sowieso nicht nach Alices Geschmack gewesen wäre. Denn es kam am Rande auch eine Liebesgeschichte vor und die würde sie sicher nicht sehen wollen. Und selbst, wenn sie fragte, ich würde ihn heute sicher nicht noch einmal anschauen. Es war mittlerweile halb sieben und ich wusste nicht mehr recht, was ich tun sollte. Vielleicht die Situation mit Coolness überspielen. Eine SMS mit: „Hey, kaufst du heute das ganze Einkaufszentrum leer?"

Eine umgehende Antwort darauf gab es natürlich nicht. Stattdessen läutete es an der Tür. Es war nicht Alice, sondern der Lieferant von Nando's, der Alices Lieblings-Dessert vorbeibrachte, das ich bestellt hatte. Ich war ziemlich sicher, dass ich es alleine essen würde. Ich schickte ihr ein Foto von der Süßigkeit mit dem Betreff: „Dein Cheesecake hat's vor dir geschafft."

Es war viertel nach acht. Ich hatte genug. Ich hatte keine Lust mehr auf ihre Spielchen. Besser jetzt beenden, bevor sie mich noch in den Wahnsinn treibt. „Ganz ehrlich, es reicht. Ich …" Und dann kam in genau diesem Moment eine Nachricht von Alice. „Wart nur noch aufs Taxi. Füttere mich nicht mit Desserts, sonst werde ich noch fett." Was für ein Timing. Da hatte sie gerade noch die Kurve gekriegt.

Selbst wenn ich vor wenigen Augenblicken noch genervt war, war ich jetzt wieder ganz aufgedreht. Das Hündchen war zurück. Ich schaute, dass ja alles an seinem Platz war, stellte sicher, dass der Bluetoothverstärker funktionierte, damit ununterbrochen „El Perdón" im Hintergrund lief und dann noch ein letzter Check meines Outfits. Ja, der Enrique-Iglesias-Look sollte als Aphrodisiakum reichen.

Plötzlich meldete sich mein Magen zu Wort. Ich hatte seit dem Breakfast Club nichts gegessen und selbst dort hatte ich die Hälfte übrig gelassen. Das war jetzt blöd, denn ich wusste nicht, wie viel Zeit mir noch blieb. Die Taxifahrt dauerte mindestens zwanzig Minuten. Also verschlang ich einen Kellogg's-Frühstücksriegel und putzte danach umgehend die Zähne. Meinem Magen war das aber noch nicht genug und so wiederholte sich das ganze Prozedere.

Fünfzig Minuten später leuchtete auf meinem Display eine unbekannte Nummer auf. „Ich bin da", sagte mir eine bekannte Stimme, die nicht gerade enthusiastisch klang. Es war Freitagabend, 21.13 Uhr. Gestern hatte sie noch gemeint, sie komme gleich nach dem Mittagessen. Sie hätte lieber Abendessen sagen sollen.

23 Last friday night

Ich hörte ihre Schritte schon aus der Entfernung und dann war sie da. Sie trug ein enges schwarz-weißes Kleid, und da sie keine Einkaufstüte trug, ging ich davon aus, dass sie nicht nur in der Mall vorbeigeschaut hatte. Sie warf mir einen ihrer typischen Blicke zu: kein Lächeln, stechende Augen und ein gespitzter Mund. Arrogant, cool, vielleicht auch einfach nur gleichgültig.

Sie stolzierte durch die Tür, ohne mich eines Blickes zu würdigen. Meine Enrique-Iglesias-Verkleidung hätte ich mir sparen können. Als sie zielstrebig auf das Schlafzimmer zusteuerte, kam ein scharfes: „Wo ist mein Kuchen?" Sie setzte sich aufs Bett und nahm einen Bissen von Nando's Cheesecake und trank einen Schluck Rotwein. Dann folgte ein kurzer, verwunderter Blick. „Jetzt hör ich den Song schon den ganzen Tag und dann auch noch hier!"

Ganz spurlos war Enrique also doch nicht an ihr vorbeigegangen. Und in diesem Moment wurde mir klar, wie sehr mir ihr Verhalten auf die Nerven ging. Diese Selbstgefälligkeit und Unfähigkeit, etwas zu schätzen, waren schwer verdaulich. Ich fragte mich, ob ich mir das auch angetan hätte, wenn sie nicht so atemberaubend schön und der Sex bisher so gut gewesen wäre. Ich musste zu meiner Schande gestehen, dass die Antwort „Nein" lautete.

„Und wo ist jetzt der Film?", fragte sie ungeduldig. Ihr gleichgültiger Blick und ihr forscher Ton hatten sich nicht verändert.

„Den hab ich schon angeschaut, ich hatte ja genug Zeit", meinte ich. Sie ging darauf nicht näher ein, zuckte nur mit den Schultern. Und so machten wir eben das, wobei wir uns am besten verstanden. Nach ein paar intensiven Zungenküssen waren ihr Kleid, ihr Slip und ihr BH auf dem Boden verstreut und die nächsten zwei Stunden waren wir damit beschäftigt, unsere Körper gegenseitig in Ekstase zu bringen.

„Aber um 11 Uhr möchte ich nachhause", meinte sie, als wir eine kurze Pause einlegten. Bei der nächsten Pause war es kurz vor 12. Und dann war sie plötzlich diese Schmusekatze, die sich liebevoll an mich schmiegte, mir den Kopf auf die Brust legte und von der ich hätte denken können, dass sie mich nie mehr loslassen möchte. „Weißt du was? Warum fliegen wir nicht nächstes Wochenende irgendwohin?" Ich fragte mich, woher dieser plötzliche Sinneswandel kommen mochte.

„Klar, warum nicht. Wohin möchtest du denn?" Auch wenn sie mich nervte, konnte ich mir Schlimmeres vorstellen, als mit einer wunderschönen Frau einen Urlaub an einem exotischen Ort zu verbringen. „Meine Freunde Tim und Giancarlo sind gerade in Jordanien. Sie haben super Fotos geschickt." Und ich zeigte ihr ein paar Landschaftsaufnahmen auf Tims Instagram-Seite. „Ja, das wäre schon cool, aber ich weiß nicht, ob ich dafür nicht ein Visum brauche." Wir suchten im Internet nach allen Ländern, für die thailändische Staatsbürger kein Visum brauchten. Jordanien war nicht dabei.

Dafür aber Sri Lanka, was auch nicht allzu weit von den Emiraten entfernt war. „Soll super sein, mein Kumpel aus dem Reisebüro hat mir erst gestern wieder davon vorgeschwärmt", meinte ich. „Klar, dass er das sagt, wenn er von dort stammt", kam sofort zurück. Nachdem ich ihr ein paar Fotos von den schönsten Sehenswürdigkeiten Colombos gezeigt hatte, zeigte sie sich schon begeisterter. „Eine Freundin war eben erst in Jordanien, ich frag sie mal, wie das bei ihr mit dem Visum war." Ich konnte mir beim besten Willen nicht vorstellen, dass Alice den Weg zur jordanischen Botschaft auf sich nehmen würde, um sich für ein Touristenvisum anzustellen. Das war bestimmt unter ihrer Würde.

Nach einer weiteren Make-Out-Session schliefen wir beide ein. Gegen zwei Uhr früh wurde ich von ihr wachgerüttelt. „Ich muss nachhause!" Ich verstand den Grund nicht ganz, denn ob sie jetzt oder in vier Stunden nachhause fuhr, machte wohl keinen Unterschied. Aber für sie offensichtlich schon. Ich sah aus den Augenwinkeln, dass sie sich schon angezogen hatte. „Kommt das Taxi schon?" Ich wollte eigentlich nur schlafen. „Kannst du nicht deinen Fahrer anrufen?", fragte ich verschlafen. „Nein, den kann ich jetzt nicht mehr aufwecken", meinte sie etwas zornig.

„Wie kommt es eigentlich, dass immer ich derjenige bin, der für deine Taxis bezahlt?" Denn das war bisher immer passiert. Ich bestellte Uber-Taxis und sie ließ sich herumkutschieren. Kein einziges Mal hatte sie angeboten, den Fahrpreis zu teilen, was seltsam war, denn sonst war sie überall für halbe-halbe. Die Frage hatte offenbar gesessen. „Ich kann dir sofort die Hälfte aller Fahrtkosten auf dein Konto überweisen oder willst du lieber einen Scheck?" Sie war wütend. „Nein, darum geht es nicht. Aber du hättest dich zumindest einmal dafür bedanken können."

Ein Argument, das sie nicht verstand. „Kein Problem, du bekommst dein Geld. Ich möchte dir nichts schulden." Ich setzte mich auf und schüttelte den Kopf. „Darum geht es nicht. Aber von Zeit zu Zeit könntest du ruhig mal danke sagen. Und es geht nicht nur ums Taxi. Als du die Einladung zum Abendessen bekommen hast, hast du nicht einmal reagiert. Ich verlang ja nicht, dass du Luftsprünge machst, aber wenn man eine Einladung bekommt, bedankt man sich normalerweise."

Alice starrte mich an. „Eine Einladung für Donnerstagabend. Als ob ich für so was Zeit hätte." Ich schüttelte den Kopf. „Du weißt genau, dass du dir jede Zeit am Wochenende hättest aussuchen können. Aber einfach gar nichts dazu zu sagen, nicht ja, nicht nein, nicht danke, das zeugt einfach davon, dass du keinen großen Respekt vor mir hast." Das machte sie noch wütender. „Das stimmt doch nicht. Bin ich etwa nicht nett zu dir?" Eine gute Frage. Mit meiner Antwort hatte sie wohl nicht gerechnet: „Wenn ich ehrlich bin, nein. Und verwechsele Sex nicht mit jemanden nett zu behandeln. Im Büro strahlst du mit deinen Kollegen um die Wette, aber wenn du bei mir bist, dann lächelst du vielleicht einmal beim Orgasmus, aber sonst scheint dir alles ziemlich egal zu sein." Das brachte das Fass zum Überlaufen. „Wenn das so ist, denke ich, dass wir dieses Arrangement beenden sollten. So funktioniert es offensichtlich nicht."

Sie stürmte aus dem Zimmer und rannte dabei fast Victoria um, die sich augenscheinlich um drei Uhr früh etwas aus der Küche geholt hatte. Bei der Wohnungstüre holte ich sie ein. „Können wir vielleicht in Ruhe darüber reden?", versuchte ich, sie zu beruhigen. „Ich bin müde, ich möchte nachhause und nicht reden." Als sie die Treppe zur Haustüre runterlief, würdigte sie mich keines Blickes. „Willst du wirklich, dass es so endet? Das ist doch lächerlich!", rief ich ihr nach. „Du bist lächerlich", schellte als Antwort zurück.

Ich schloss die Wohnungstür. Das war es wohl gewesen. Ich hatte in den letzten Tagen ja gespürt, dass so etwas passieren würde. Über die Art war ich allerdings nicht glücklich. Ich nahm mein Handy. Eine nette Nachricht zum Abschluss schicke ich ihr schon, dachte ich, denn schließlich wollte ich kein böses Blut zwischen uns. Und so schrieb ich ihr, dass es so wahrscheinlich besser sei und bedankte mich für die gemeinsame Zeit, wünschte ihr nur das Beste und meinte, sie brauche sich über das Taxigeld keine Gedanken machen.

Ich rechnete nicht damit, darauf eine Antwort zu bekommen. Aber sie kam prompt und überraschte mich. „Es tut mir leid, dass du dich nicht respektiert gefühlt hast. Ich möchte mich auch bei dir für alles bedanken, denn du bist ein toller Kerl. Es tut mir leid, dass ich die Sache zwischen uns vermasselt habe, aber es war einen Versuch wert. Ich werde dir das Taxigeld zukommen lassen. Ich möchte dir nichts schuldig bleiben."

Das waren doch zur Abwechslung mal offene und nette Worte von ihr. Ich erwiderte, dass sie mich wahrscheinlich nicht absichtlich so behandelt hatte, die Arbeit sie vermutlich so vereinnahmt hatte und sie zwischenzeitlich vergessen hatte, dass es auch ein Leben außerhalb des Büros gab. Im Gegenzug entschuldigte sie sich dafür, dass sie meine Einladung zum Abendessen nicht gewürdigt hatte. „Ich verstehe, dass du dich fühlst, als hätte ich deine Bedürfnisse ignoriert und keinen Einsatz für uns gezeigt. Und das tut mir leid. Ich hoffe, wir können Freunde bleiben." Das waren ihre letzten Worte in dieser denkwürdigen Nacht.

24 Never ending drama

Es war eine seltsame Nacht gewesen. So viel Drama hatte ich schon lange nicht mehr erlebt. Viel hatte ich nicht geschlafen und ich wollte auch gar nicht lange im Bett rumliegen. Da ich am Vortag bis auf das Frühstück und die beiden Müsliriegel nicht wirklich etwas gegessen hatte, knurrte mein Magen schon um sechs Uhr früh unüberhörbar. Ich bestellte ein Uber-Taxi und machte mich auf den Weg zu Ric's. Um diese Uhrzeit war es trotz Wochenende noch relativ einfach, einen Platz zu bekommen.

Ich bestellte mein übliches Frühstück, das „Ric's Special": Eier mit Potato-Wedges, Spiegelei, Toast und falschem Speck, dazu Kaffee und Apfelsaft, der, wie immer, nach Gummibärchen schmeckte. Ich stocherte etwas lustlos im Essen herum. Das mit Alice ließ mich nicht los. Warum konnte sie plötzlich nett sein und davor hatte sie mir die kalte Schulter gezeigt? Warum gab sie bei der ersten Auseinandersetzung gleich auf? Was sie danach gesagt hatte, hätte den Streit gelöst und wir säßen nächste Woche im Flieger nach Jordanien oder Sri Lanka.

Diese Gedanken wollten nicht aus meinem Kopf verschwinden. Auf dem Rückweg zu meiner Wohnung vibrierte das Handy mit einer weiteren Nachricht von Alice, die sich zum wiederholten Mal bei mir entschuldigte. „Ich bin zu irgendeiner Form von Beziehung einfach nicht fähig, so locker sie auch sein mag. Und unser Ding war alles andere als casual. Aber ich kann keinen weiteren Schritt machen. Stell dir nur vor, was für ein Reinfall ich wäre."

Ich wusste nicht, ob sie jetzt wollte, dass ich sie wegen ihrer Beziehungsunfähigkeit bemitleidete. Wieder kam sie mit der „Wir sind ja Freunde"-Kiste daher. Aber waren wir das? Wenn ich mich richtig erinnerte, waren wir einmal ausgegangen, hatten beim zweiten Treffen Sex und endeten dann eben in dieser Geschichte. Wirkliche Freunde waren wir davor nicht gewesen. Aber Alice ließ sich von ihrer Idee nicht abbringen: „Klar, wir sind super Freunde, wir können über alles reden."

Ich fragte, ob sie sich das nicht zu einfach vorstellte. „Mit wie vielen Männern, mit denen du geschlafen hast, bist du heute noch befreundet?" Ihre Antwort war null, nur mit zwei Exfreunden, mit denen sie mehrere Jahre zusammen war, hatte sie noch regelmäßigen Kontakt – ihr allererster Freund aus Schulzeiten und der Vater ihres Sohnes. Ich hatte da meine Bedenken, aber ich versuchte mitzuspielen. „Wenn du das willst, musst du aber auch etwas Einsatz zeigen. Es kann nicht sein, dass ich alle Pläne mache." Sie versprach, sich zu bemühen und wünschte mir noch, dass ich jemanden finde, der so süß und nett sei wie ich.

„Mir war nicht bewusst, dass ich so wenig lache. Tut mir leid. Aber dafür wirst du zumindest von unseren nächtlichen Abenteuern ein paar nette Erinnerungen mitnehmen." Es stimmte zwar, dass diese Sache immer super funktioniert hatte, aber in Erinnerung bleiben würden mir vor allem die Taxifahrten, wenn ich sie nachhause brachte. „Wirklich? Da war ich doch immer nur müde und erschöpft." Ja, aber als sie ihren Kopf an meine Schulter drückte und ich sie in meinem Arm hielt, war sie mir am nächsten. Die wahre Alice, wenn man so wollte.

Das zeigte Wirkung. „Danke für all die netten Dinge, die du für mich getan hast. Ich schätze sie mehr als du je wissen wirst." Und sie fügte noch hinzu, dass wir trotz allem nach Jordanien fahren könnten – als Freunde sollte das doch kein Problem sein. Ich stimmte zu, sagte ihr aber auch nachdrücklich, dass ich bei unserer Vorgeschichte nicht garantieren konnte, dass da nicht wieder etwas passierte. Aber ich würde versuchen, meine Hormone unter Kontrolle zu halten. „Klingt gut", schickte sie mit einem Zwinkersmiley.

Und eine Stunde später kam schon wieder ein „Hallo, Freund" über den Messenger. Diesmal wollte sie uns für den „Color Run" im Januar anmelden. Ich schaute mir im Internet die Anmeldekriterien an. Auf meine Frage, wen ich als Notfallkontakt angeben sollte, kam wie aus der Pistole geschossen: „Klar nimmst du da mich." Jetzt ging das also alles ganz einfach. Sehr interessant. „Und schau, dass du noch mehr Freunde findest, die mit uns mitlaufen. Frag deine Mitbewohnerinnen – je mehr, desto lustiger."

Wer war diese Person? Das war nicht die Alice, die ich in den letzten Wochen erlebt hatte. War das die echte oder eines ihrer vielen Gesichter? Die Zeit würde mir schon zeigen, woran ich hier geraten war. Allzu lange musste ich nicht darauf warten, denn ihre nächste Nachricht, ein paar Stunden später, war schon weniger lustig: „Ich möchte nur eines klarstellen: Ich habe keine Spielchen mit dir gespielt. Alles, was du gesehen hast, war ich, die Person, von der ich dir am Anfang erzählt habe. Ich hoffe, das ist dir klar!"

Das musste ja kommen. Ich wandte ein, dass sie durch ihr Netz an Regeln die Sache von Anfang an fest in ihren Händen gehabt hatte und ich da nicht mehr mitmachte. „Ach, du bist für bessere Dinge bestimmt. Geh doch auf Tinder oder Internations." Vielleicht wollte sie witzig sein, aber ich fand die Ansage fehl am Platz. Ein kleiner Schritt ihrerseits hätte genügt, um die Sache zu kitten, sagte ich ihr. „Ich weiß, dass du ein netter, aufrichtiger Mann bist und es tut mir leid, dass ich nicht einmal halb so nett zu dir war", sagte sie darauf zwar, aber das klang nach einer Floskel.

Ich fragte, warum sie nicht einfach versuchen könnte, in Zukunft netter zu sein und ob wir nicht versuchen sollten unsere Zeit hier so angenehm wie möglich zu gestalten. Und dann kam wieder die übermäßig selbstbewusste, coole Alice, die sich bisher zurückgehalten hatte, zum Vorschein: „Ich kann das bei uns zweien nicht mehr. Selbst wenn, dann könnte ich nicht das nette, lustige Mädchen spielen. Das würde nicht funktionieren. Es war von Anfang an eine dumme Idee, ich hätte dich da nie mit hineinziehen sollen. Ich wusste, dass dich meine Einstellung irgendwann verrückt macht!"

Und weil ich müde war und ohnehin nur verlieren konnte, sagte ich, dass wir das Thema lieber sein lassen sollten, sie nicht zu hart zu sich sein sollte und wir einfach, wie von ihr vorgeschlagen, versuchen sollten, als Freunde weiterzumachen. Auch wenn das bedeuten würde, dass ich sie vielleicht gerade viermal im Jahr bei der Arbeit sehen würde. Dann nämlich, wenn ich ein Meeting bei Mohammed hatte. „Sei nicht so dramatisch, es ist eine kleine Welt, da trifft man sich schon öfter."

Und ein paar Stunden später piepte wieder der Messenger. Diesmal versuchte ich aber eine andere Taktik, denn ich wollte auf keinen Fall wieder in eines ihrer Fettnäpfchen tappen. Ich wollte das Gespräch so oberflächlich wie möglich halten, ging auf ihre Fragen nicht ein und fragte stattdessen, was genau hinter ihrer Arbeit in der CSR-Abteilung steckte. Und ich ließ sie erzählen. Es war interessant, so genau hatte ich nie nachgefragt. Sie erzählte, dass sie noch nie so viel gearbeitet hätte und ich stimmte zu, dass es eben ein Charakterzug von ihr war, für ihren Erfolg mehr zu geben als andere.

„Ja, also siehst du, dass ich meine ganze Energie dafür brauche." Ich nickte und schrieb zurück: „Ich weiß. Ich habe mich auch nie darüber beschwert." Ihre Antwort: „Hast du doch gerade." Ich war perplex, las mir den Chat-Verlauf noch einmal genau durch. Ich fand nichts außer zustimmende, ermutigende Aussagen im Hinblick auf ihre Karriere. Und überhaupt hatte ich die ganzen netten Dinge ja auch getan, damit sie im Job voll leistungsfähig war. Ich wollte eine erfolgreiche Alice, denn ich wusste, dass mich solche Frauen auch selbst motivierten, im Job zu brillieren.

Ohne weiter darauf einzugehen, schickte sie mir ein paar Modelingfotos von sich, die vor fünf Jahren aufgenommen wurden. Wollte sie jetzt, dass ich ihr schreibe, welch einen tollen Körper sie habe Sie begann ein wenig willkürlich, von ihrer Zeit als Teilnehmerin an Schönheitswettbewerben zu erzählen. „Diese Erfahrung hat mich ehrgeizig gemacht. Und man lernt, mit Sieg und Niederlage umzugehen." Und dann fügte sie mit zwei Zwinkersmileys dazu: „Und man weiß, dass man immer zum Nächsten weitergeht."

Diese überflüssige Bemerkung ärgerte mich. „Ich finde es lustig, wie cool du mit einer Sache umgehst, die erst vor wenigen Stunden zu Ende gegangen ist, so casual sie auch war. Muss dir ja extrem viel bedeutet haben." Aber das sah sie natürlich nicht so, ganz im Gegenteil. „Ich möchte mir nicht ständig anhören, wie kalt ich bin. Ich kann einfach keine Beziehung führen, egal welcher Art. Ich kann und will mich nicht um die Emotionen eines anderen kümmern. Ich bin ein komplizierter Mensch und es ist nun einmal schwer, mit mir auszukommen. Und ich will nicht, dass der Eindruck entsteht, ich respektiere dich nicht, denn Respekt ist etwas, was ich über alles stelle."

Und dann kam sie wieder auf das leidige Thema Geld zu sprechen. Wieder betonte ich, dass ich kein Geld für Taxifahrten haben wollte: „Du schuldest mir gar nichts." Sie blieb stur: „Ich will aber reinen Tisch machen." Wieder sagte ich, dass mir das Geld egal sei und sie sich darüber keine Sorgen machen solle. Aber sie machte weiter: „Wann waren wir genau aus? Warte, ich schreib das in eine Excel-Tabelle." Ich hatte ein immer schlechteres Gefühl bei der Sache und schrieb, dass ich kein Geld akzeptieren würde und wenn sie unbedingt welches loswerden wolle, solle sie es lieber der Charity-Aktion meines Arbeitskollegen Dax spenden.

Sie beharrte darauf, mir den Betrag, den sie gerade berechnete, in bar zukommen zu lassen. Das machte mich langsam wütend. „Ich verbrenne dein Geld und rede nie mehr mit dir." Und ich meinte das ernst, egal, wie stur es auch wirken mochte. „Dann gebe ich es dir erst recht in bar zurück, um dich zu ärgern." Für sie war das alles ein Spiel. „Ich will dein verdammtes Geld nicht. Das kann dir doch nicht wichtiger sein als die Freundschaft!" Für sie hatte das eine mit dem anderen nichts zu tun. „Das ist meine praktische Seite. Wenn ich es nicht tue, könnte ich nicht schlafen."

„Ich hab das Geld doch gerne ausgegeben und ich fühle mich einfach nicht gut dabei, wenn du mir nach einer Beziehung, die zum Großteil auf Sex basierte, Geld gibst." Das brachte sie auf die Palme. „Ich bezahle dich doch nicht für den Sex. Wenn ich will, dann kann ich jederzeit Sex haben, mit jedem, den ich will." Sie legte noch eins drauf: „Das ist das Lächerlichste, was ich je gehört habe. Sogar noch lächerlicher als die Dinge, die du gestern Nacht zu mir gesagt hast." Ich hatte recht, ihr Theater war damit aufgeflogen. Sie war und blieb ein selbstverliebtes Biest.

Sie machte also mit ihrer Excelliste weiter. „Weißt du was? Ich rechne auch noch die Hälfte jedes Essens dazu, das du gezahlt hast. Und beim Konzert war ich ja auch nicht so gut drauf, oder? Vielleicht sollte ich dir das Geld für die Karte auch zurückgeben. Viel gelacht habe ich dort ja nicht, oder?" Mein Magen zog sich bei ihren Worten immer stärker zusammen. Ich hatte keine Lust mehr. Ich wollte raus aus diesem Zirkus. Also schrieb ich: „Es scheint, als wolltest du jede Nettigkeit von mir ungeschehen machen. Du löschst die ganzen Erinnerungen einfach aus. Ich mag dich, aber das ist einfach zu viel und ich denke, es ist besser, wenn wir von nun an getrennte Wege gehen."

Ihre Antwort fiel kurz aus: „Ja, lass uns nicht mehr miteinander reden. Wir verstehen uns offensichtlich nicht. Sparen wir uns zukünftige Missverständnisse." Ich wünschte ihr alles Gute und meinte, es gebe keinen Grund, sich nicht freundlich zu begegnen, sollten wir uns bei der Arbeit mal über den Weg laufen. Sie schickte einen Smiley zurück und: „Wünsch dir auch alles Gute."

25 Mehr Schatten als gedacht

Der nächste Morgen fühlte sich anders an. Alices Posts waren aus meiner Facebook-Timeline verschwunden, das „Like", das noch gestern mein Interesse am „Color-Run" bekundet hatte, existierte nur noch in meiner Erinnerung. Zwischen der Planung eines gemeinsamen Urlaubs und dem Ent-freunden auf Facebook lagen gerade einmal zwei Tage. Ihr öffentliches Profil konnte ich nur sehr eingeschränkt sehen, alle persönlichen Bilder und Videos waren weg, darunter auch einige Dinge, die wir gemeinsam erlebt hatten.

Wie jeden Tag sah ich auf dem Weg ins Büro das Knowledge-Gebäude, in dem sie wahrscheinlich schon seit kurz nach sieben am Arbeiten war. Wie jeden Tag wird sie sich zuerst wohl einen Kaffee geholt und dann eifrig ihr Joghurt in sich hineingelöffelt haben, ohne zu vergessen, ihre Kollegen mit einem strahlenden Lächeln zu begrüßen. Auf dem Weg in die Cafeteria traf ich Cristiano. Ich hatte insgeheim gehofft, dass er der erste sein würde, dem ich heute im Büro begegnete. Er sah mich an und lächelte: „Es ist vorbei, oder?" Ich nickte. Er klopfte mir auf die Schulter und sagte. „Gut Junge, du bist endlich auf den Punkt gekommen. Ich bin stolz auf dich." Ich erzählte ihm nicht viele Details der letzten zwei Tage, aber das war auch gar nicht nötig.

„Ich weiß, dass das für dich nicht einfach war, denn ich weiß, dass sie eine starke Frau ist, die den Weg vorgegeben hat und du sie trotzdem sehr gern gehabt hast. Aber gerade deshalb musstest du dich jetzt positionieren." Und er merkte an, dass es in den letzten Wochen offensichtlich gewesen war, wie sehr das Ganze an mir genagt hatte: „Es tut weh, aber glaub mir, es ist besser so. Jetzt bist du wieder frei für etwas Neues, für etwas, was wirklich Zukunft haben kann."

Mein Stammplatz beim Frühstück in der Cafeteria war frei. Ich starrte minutenlang auf meine Cornflakes, bevor ich beschloss, dass Rührei heute reichen musste. Das Handy ließ ich in der Hosentasche. Es würde heute sowieso keine SMS mit einem „Guten Morgen!" aus dem Nebengebäude mehr empfangen.

Das änderte aber nichts daran, dass ich mich fühlte wie ein taumelnder Boxer. Auch Angela brauchte mir nur einmal ins Gesicht zu sehen und wusste, was los war. „Willst du spazieren gehen?", fragte sie mich liebevoll auf Deutsch, damit niemand im Umfeld etwas mitbekommen würde. Sie war auch die Einzige in der Firma neben Cristiano, der ohnehin eingeweiht war, die sich zusammengereimt hatte, wer mich da so zum Grübeln gebracht hatte. Aber bei ihr war mein Geheimnis so sicher aufgehoben wie der Papst im Vatikan. „Lenk dich ab und konzentriere dich heute auf die Arbeit", lautete ihr Rat und ich versuchte, ihn mir zu Herzen zu nehmen.

Ich ging brav zu den Meetings, sagte meine Sätze auf, hielt mich auf Trab. In einer Besprechung, als Uwe gerade seinen Einstiegsmonolog hielt, holte ich dann doch mein Handy heraus und entdecke etwas, was mich nachdenklich stimmte. Neben der gelöschten Facebook-Freundschaft war ich offensichtlich auch im Messenger und sogar auf WhatsApp geblockt. Dort, wo mich sonst ihr Profilbild tagtäglich strahlend angelächelt hatte, war jetzt nur noch ein weißer Fleck. Wenn Alice Brücken abbrach, dann richtig.

Ich hatte am Morgen gedacht, dass ich mit der Situation umgehen konnte, aber das traf mich wirklich ins Herz. Ich hatte nie gedacht, dass es so weit kommen könnte. Meine Schwester nannte es einfach nur „Kindergarten" und meinte, dass das vielleicht Teenager so machen, aber doch niemand in ihrem Alter. „Aber ihre ganzen Aktionen zeigen ja, wie gestört sie eigentlich ist und welche verzerrten Moral- und Wertevorstellungen sie wirklich hat. Sei froh, dass du sie los bist", sagte Rebecca und ich wusste, dass sie damit recht hatte.

Aber ich spürte auch, dass ich den Kampf mit meinen Emotionen an diesem Tag nur schwer gewinnen würde. Wer macht so etwas? Wir waren doch weiterhin zumindest Kollegen. Und wie so oft schoss mir der Gedanke durch den Kopf: „Warum hast du nicht einfach deinen Mund gehalten?" Vielleicht wäre dann alles wie früher. Aber dann hielt ich mir wieder vor Augen, dass ich früher auch nicht wirklich glücklich mit der Situation war.

Ich saß in meine Arbeit vertieft an meinem Schreibtisch und hatte ein bisschen Angst davor, dass ein Umschlag mit ihrem Geld eintreffen würde. Tat er aber nicht. Dafür kam ein Anruf von oberster Stelle, die umgehend Videomaterial von mir forderte, von dessen Existenz ich nicht wusste. Auf meine Antwort, dass ich zuerst bei der Abteilung anfragen müsste, die eigentlich für derartige Dinge zuständig war, wurde mir Folgendes zurückgeschleudert: „Ist nicht mein Problem, es muss in einer Stunde auf meinem Tisch liegen."

Jetzt wurde mir alles zu viel. Es war, als wäre mir der Boden unter den Füßen weggezogen worden. Ich knallte den Hörer auf die Gabel und fluchte laut auf Deutsch: „Scheiße, Scheiße, Scheiße!" Wut über das Videomaterial, Wut über die unfreundliche Art der Chefin, Wut über alles, was sich in den letzten Stunden und Tagen ereignet hatte. Mein Kollege Mustafa schaute mich verdutzt an. „Alles okay?" Ich schaute ihn an und versuchte meine Wut in Worte zu fassen. Mir gingen in diesem Moment so viele Dinge durch den Kopf. Ich denke, „Video" und „Management" waren die einzigen Worte, die er verstand.

Ich vergrub meinen Kopf in beiden Händen, um die Tränen zu verbergen, was mir natürlich nicht gelang. Mustafa klopfte mir auf die Schulter: „Geh schnell auf die Toilette, wir machen das schon." Ich rannte fast, um von niemandem so gesehen zu werden. Schnell rein in die Toilette, hinsetzen und den Tränen mal kurz freien Lauf lassen – das tat gut, aber ich konnte mir zugleich bessere Orte für einen Heulkrampf vorstellen als die Toilette im Büro. Und ich dachte daran, wie sehr sich Alice rühmte, nie zu weinen. Wie war so etwas nur möglich? Aber wahrscheinlich war das auch nur eine ihrer vielen Ansagen, die sie gerne machte, um selbstbewusst zu wirken.

Ich trocknete meine Tränen mit Klopapier, nahm die Brille ab und wusch mir die Augen. Dabei ließ ich mir Zeit. Ich war froh, von keinem einzigen Toilettengeher unterbrochen zu werden. Im Büro hatte sich Mustafa in der Zwischenzeit mit dem Kollegen der zuständigen Abteilung zusammengesetzt und bastelte an einer Lösung des Problems. Er fragte nicht genauer nach, was vorher mit mir los gewesen war und ich war ihm insgeheim dankbar dafür.

Noch dankbarer war ich, als ich mich kurz darauf in Richtung Level 2 verabschieden konnte, wo bei Uwe und Elias die allwöchentliche Task-Force auf dem Programm stand. Als sie mich sahen, ließen sie die Arbeit aber kurz beiseite und Uwe fragte besorgt: „Alles klar?" Mir musste an diesem Tag also wirklich „hilfebedürftig" auf das Gesicht geschrieben gewesen sein. Wie immer war Uwe praktisch denkend unterwegs: „Mann, die spinnt doch. Was tust du dir so ein Drama an? Gerade darum geht's in einer Beziehung nicht. Da geht es auch nicht um Abenteuer im Bett. Es geht bloß darum, jemanden zu haben, mit dem man sich gut versteht, mit dem man Kinder großziehen und alt werden kann."

Elias wiederum lächelte wissend: „In der Situation waren wir doch alle schon. Wirst sehen, lass ein bisschen Zeit verstreichen und sie wird wieder da sein." Ich war mir da nicht so sicher, aber der Zuspruch tat mir gut. Und dass Cristiano seinen Kopf zur Tür reinsteckte, um mich und die beiden anderen zum Fußballschauen in seine Wohnung am nächsten Tag einzuladen, war ein gutes Gefühl und Ablenkung konnte ich brauchen.

Noch überraschter war ich allerdings, als ein paar Minuten später mein Manager anrief. Er klang besorgt: „Was war da mit dem Video?" Ich erklärte ihm, dass es nicht der Auftrag mit dem Video war, der mich so verstört hatte, sondern die Ereignisse der letzten Tage. „Du machst gerade eine Trennung durch, oder?" Ihm konnte man da nichts vormachen. „So in der Art", war meine Antwort. Sein Nachfragen klang aufrichtig: „Wenn du irgendwas brauchst, lass es mich wissen."

Als ich am Ende des Tages im Auto auf dem Weg nachhause war, waren meine Augen wieder ein wenig feucht. Diesmal aber nicht aus Trauer, sondern aus Freude darüber, dass ich unrecht gehabt hatte. Ich brauchte nicht jemanden wie Alice, um an einem Ort wie diesem zurechtzukommen. Ich hatte dieses Sicherheitsnetz längst um mich herum aufgebaut, nur war es mir nicht bewusst gewesen. Die Philosophie meines Managers, dass sein Team eine Familie sei, konnte ich jetzt besser nachvollziehen, denn sein Anruf hatte gezeigt, dass ich ihm auch als Mensch wichtig war. Jetzt fühlte auch ich mich als Teil dieser Familie und nicht wie jemand, der 90 Prozent des Gesprochenen nicht versteht, weil manche Kollegen untereinander aus Bequemlichkeit lieber Arabisch redeten als Englisch.

Ich mochte zwar tausende Kilometer von meiner Heimat entfernt sein, an einem Ort in der Wüste, an den sich kaum Touristen verirrten und den ich immer wieder gerne „Crazy Town" nannte. Aber das alles war auf einmal nicht mehr so schlimm. Klar, ich war zwar wieder „Single", aber ich wusste auch, dass ich deshalb noch lange nicht alleine war.

Der Autor

Andreas Neubauer wird 1982 in Graz, Österreich, geboren. Schon früh wird sein journalistisches und schriftstellerisches Talent von seinen Lehrern erkannt und gefördert. Über Vermittlung seines Lateinlehrers beginnt der damals 15-Jährige, an den Wochenenden in der Sportredaktion einer großen österreichischen Tageszeitung, der „Krone", auszuhelfen. Bald wird ihm klar, dass seine Zukunft im Journalismus liegt. Auf Anraten seiner Eltern, beide engagierte Lehrer, entscheidet er sich aber zunächst für etwas „Solides" und studiert Englisch und Religion auf Lehramt in Graz und den USA, ohne allerdings eine Laufbahn als Lehrer anzuvisieren. Seine Tätigkeit bei der Tageszeitung wird immer häufiger durch PR-Jobs ergänzt, zusammen mit seiner Leidenschaft für Sport wird daraus sein Karriereweg: Es folgen Engagements als Pressesprecher, Redakteur, TV-Reporter, Schauspieler, Fußballtrainer, Sportdirektor, PR-Berater und kurzfristig sogar als Lehrer in Österreich, Deutschland und England. Seit 2014 lebt der Steirer in Doha, Katar. Sein erstes Buch „Unsere Kicker" erschien 2007 im egoth Verlag Wien.

novum VERLAG FÜR NEUAUTOREN

Der Verlag

> *Wer aufhört
> besser zu werden,
> hat aufgehört
> gut zu sein!*

Basierend auf diesem Motto ist es dem novum Verlag ein Anliegen neue Manuskripte aufzuspüren, zu veröffentlichen und deren Autoren langfristig zu fördern. Mittlerweile gilt der 1997 gegründete und mehrfach prämierte Verlag als Spezialist für Neuautoren in Deutschland, Österreich und der Schweiz.

Für jedes neue Manuskript wird innerhalb weniger Wochen eine kostenfreie, unverbindliche Lektorats-Prüfung erstellt.

Weitere Informationen zum Verlag und seinen Büchern finden Sie im Internet unter:

w w w . n o v u m v e r l a g . c o m